「セレス！悪いが
今日でクビだ」
いや」
魔法戦士
セレス
勇者
ゼクト
聖女
マリア
剣聖
リダ
賢者
メル
勇者に全部
奪われた俺は
勇者の母親
とパーティを組みました！
NOVEL1

「まさか、復帰されるのですか!?」
「この齢になって良縁に恵まれたから
復帰しようと思うのよ。駄目かしらベー坊」
「ベー坊は止めてよ静子さん。
これでももうギルマスなんだからさぁ。
『黒髪の癒し手』が復活するんだ
反対なんてするもんか！」
静子

「静子さん『黒髪の癒し手』って何？」
「あぁっセレス様！
静子さんも元S級冒険者なんですよ。
俺の世代の憧れの存在で、
回復師『ヒーラー』として
右に出る者はいなかったんだ！」

「静子さんさえ良ければ『ギルド婚』しない？」

「あの……本当に良いの？

かなり私は年上だし……

これは正式な物なのよ。後悔しない？」

「後悔なんてしないよ！

先に好きになったのは俺だから」

「そうね、うん、私とギルド婚して下さい……」

これで私が正室だわ
「喜んで」

勇者に全部奪われた俺は勇者の母親とパーティを組みました！ NOVEL1

石のやっさん

イラスト◎久遠まこと

目次——CONTENTS

The brave man took it all away from me, and I formed a party with the brave man's mother!

NOVEL1

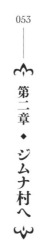

イラスト――久遠まこと

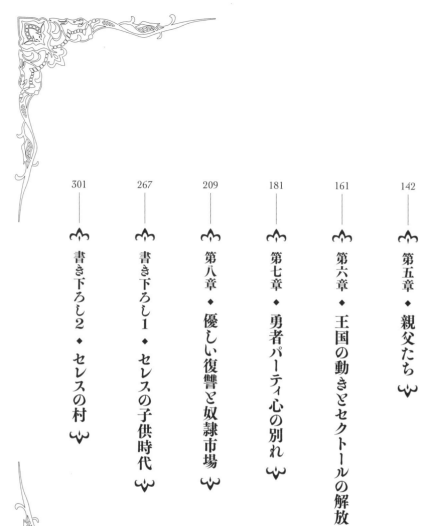

序章◆さらば勇者パーティ

パーティリーダーであり勇者のジョブを持つゼクトが告げる。

「セレス！　悪いが今日でクビだ」

「そうか、まぁよいや」

ゼクトとは幼馴染《おさななじみ》だが、いつかはこうなるだろうなくらいは何となく思っていた。

勇者ゼクト
剣聖のリダ
聖女のマリア
賢者のメル
魔法戦士セレス

五人揃《そろ》ってＳランクパーティ『希望《きぼう》の灯《ともしび》』、そう呼ばれていた。

やや中二病な名前だがまぁゼクトは勇者だし、剣聖や、聖女、賢者までいるからおかしくない名前だ。

だが、このパーティには大きな問題がある。

それは三人が女だという事だ。

ゼクトは基本そんなに悪い奴じゃない。

だが、俺から見て一つだけ致命的な欠点がある。

それは『女癖《おんなぐせ》の悪さ』だ。

大人の考えの俺は、それでゼクトの全部を否定はしない。

確かに俺との間にも『友情』はある……だがゼクトは『友情』より『愛』を優先する。

そういうタイプだ。

ゼクトの事は『親友』とも思っていたが悪癖はどうしようもない。

そして最近の俺は他の皆から取り残されていた。

ジョブの差で成長した三人に能力が追いついていないのは事実だし仕方がない。

だから、別にクビになってもいいと思っていた。

だってそうだろう？　揉《も》めてまで一緒にいても仕方ないし勇者パーティでついていけなくても俺もS級冒険者ではあるんだぜ。

ここを出れば、幾《いく》らでも次が待っている。

こいつ等の実力が凄いだけで他のSランクパーティなら俺でも充分通用するし、Aランクまで落とせば恐らく引く手あまただ。

別に何も困らないな。

「ついて来られないのは分かっているだろセレス」

「そうだな、確かに魔法戦士の俺じゃ皆についていくのは……難しいな」

これでよい。

ゼクトの狙いは分かっている、ハーレムパーティが欲しいんだ。

そのために俺は邪魔というわけだ。

「勇者パーティとして大きく飛躍するには大きな手柄が必要なんだ。残念ながらお前とじゃ無理！　なぁ分かってくれよ、パーティを抜けてもお前が親友なのは何も変わりない」

リーダーのゼクトが言うなら仕方ない。

他の奴もきっと同じ考えだろう。

俺は可愛《かわい》がっていたメルを見た。彼女ももう昔の優しい目をしていないし、完全にゼクトの女になっているのも知っている。

「私もゼクトの意見に賛成だわ！　貴方《あなた》はもうこのパーティについていけないんじゃないかな。きっと近いうちに死ぬか大怪我《おおけが》をするわ……さっさと辞《や》めた方がいいよ。これは貴方の事を思って言っているのよ！」

「メル……そうだよな……ありがとう！」

まぁ、そう言うだろうな！　俺と目を合わせず、ゼクトの方を見ているんだからな。

別にゼクトと寝ていようが俺は気にしていないんだが、仕方がない。

ふと、メルの首元に目がいった。

首元には覚えのないネックレスが身につけられている。これは多分ゼクトが買い与えた物だろう。

俺のあげたネックレスはもうしていない……ちょっと寂《さび》しいな。

見ると、他の二人も同じネックレスをしていた。

諦《あきら》めが肝心だ。ハーレムパーティに俺は要らない。

そういう事だ。まぁ一応確認はしておくか？

「メル……俺は本当に必要ないんだな？」

「…………」

「君の口から直接聞きたい」

「もう、貴方は要らないわ！」

ためらいもなく言い切った。

そんな事はもうとっくに気が付いていた、あくまで確認だ。

「まぁ、ゼクトは良い奴だ、幸せになれよ！」

「し……知っていたの？」

「そんなの見ていれば分かるよ。他の男なら決闘だが、ゼクトなら諦めもつく」

「ごめんなさい！」

「気にするな」

メルは悲しい顔しているが、そんな必要はないのにな。

幼馴染との別れはまぁ少し寂しいが、それだけだ。

「大人しく村に帰ってのんびりと田舎《いなか》生活しながら、冒険者を続けるか、別の弱いパーティでも探すんだな」

「そうだな、暫《しばら》くゆっくりして考えてみるわ」

ゼクトはメルが俺と付き合っていると勘違いして寝取ったんだな。

メルに特殊な感情はない。少し困っていたから、まぁいいさ……。

しかしこの女癖の悪さ……治らないものかね。

ゼクトは勝ち誇った顔で俺を見ている。

思いっきり、俺を見下している。

このマウント癖もどうにかならないのかね。

何をしても優秀で、顔も良くて、強くて、おまけに勇者に選ばれた。

態々《わざわざ》マウントなんて取らなくても凄い奴だと俺は思っている。

黙っていれば誰《だれ》もが「お前は凄い」そう称《たた》えるだろう。

だが、この二つで台無しなんだぞ……少し心配だ。

メルは俺の恋人じゃない。お前がリダとマリアとばかり仲良くしているから、自然と俺が相手をしていただけだ。

寂しそうに一人でいたら可哀《かわい》そうじゃないか？

ハーレム作りたいなら、平等に愛すべきだな。

本音で言えよ、親友。

夜にでも、男同士で「ハーレムが欲しいんだ」そう相談してくれればよかったんだ。

そうすれば、もう少しスッキリ出来たんだぞ。

「お別れだセレス、じゃあな！」

「さようなら、セレス」

「さようなら」

「貴方よりゼクトの方が！　ごめん……」

四人の幼馴染が一斉《いっせい》にお別れの言葉を言ってくる……思ったより堪《こた》えるなこれ。

恋心は全くないが今までの人生で長い時間を過《す》ごしたからか、寂しさはこみ上げてくるものだな。

「じゃあな！」

「あまり酷《ひど》い事言うなよ、メル！　セレスだって俺の親友なんだからさ」

「気にするな！　今度会った時は、笑って話そうな……世話になったな。四人とも幸せに暮らせよ！」

「それじゃ、パーティから抜けてくれるんだな！」

「ああ、お前達は世界を救えばいいんじゃないか。じゃあな、俺はまぁゆっくり考えるわ」

みんな、さようならだ……。

◆◆◆

ふぅ～。ちょっとした喪失感が俺を襲った。

俺は彼らを『愛していた』。

だが、彼らが思っているような『愛』じゃない。

簡単に言うなら『父性』だ。

俺には彼らに言ってない事がある。

それは俺が『転生者』だという事だ。

別に勇者とかそんな大したもんじゃない……前世の俺は四十二歳の親父《おやじ》だった。

その記憶が色濃く残っている。

商社勤めで妻と娘がいるエリートサラリーマン。

異世界じゃなんの役にも立たない。

もう転生して新しい生活を送っているんだから引《ひ》き摺《ず》るなよ……そう言われそうだが、記憶に残っているんだから仕方ないだろう?

そのせいで同い年の人間がどうしても子供にしか思えないんだ。

言い訳じゃないが、どうしても無理なんだ。

この世界の成人年齢の十五歳なんて、前世ならまだ中学生。子供にしか思えない。

ああっ、認めるよ……俺はこの世界ではババコンだよ。

だが、この世界の男は俺からしたら『完全にロリコン』にしか思えない、十七歳、成人してからわずか二年で年増扱い……日本だったらまだＪＫ。未成年なんだよ。それが年増なんだ。

しかもだ、二十代半ば以降はもう女として扱われないんだそうだ。

実に、勿体《もったい》ない。

四十二歳のおっさんで死んで、この世界で十四年。そんな俺からしたらやはり二十代後半位じゃないと……どうしても恋愛対象にはならんのよ。

第一章◆憧れの静子さん

よく考えた末、俺は田舎《いなか》に帰る事にした。

ゼクトが言っていた『田舎冒険者』それがよいかも知れない。

だが、その前に……俺は奴隷商《どれいしょう》に顔を出すことにした。

この世界には前の世界と違って奴隷制度があり奴隷を販売する、奴隷商が存在する。

今までは勇者パーティにいたからこんな場所に来た事はなかった。

今の俺は自由だ、娼館だろうが奴隷商だろうが自由に行ける。

「いらっしゃいませって……セレス様⁉」

「はい、セレスです」

奴隷商の人……凄く驚いているな。

そりゃそうだ、俺は勇者パーティにいたから顔は売れている。

その勇者パーティのメンバーの俺が奴隷商に顔を出したんだ。驚くのは当たり前だ。

「あの、セレス様今日はどういったご用件でしょうか？」

「ちょっと女性の奴隷を見させて貰《もら》おうと思ってな」

「セレス様は勇者パーティですよね、大丈夫なのですか？」

勇者パーティと言えば魔王を倒すまで旅から旅となるし、更に醜聞《しゅうぶん》になるから奴隷なんて買うわけがない。

だが、俺は大丈夫……もう勇者パーティじゃない。

「つい先日、勇者パーティ、『希望《きぼう》の灯《ともしび》』はクビになったんだ。今の俺はただの冒険者、セレスだ！」

「そうですか、それは良い時に来られました。今はかなり多くの女奴隷がいましてエルフから元令嬢まで思いのままです……さぁさぁどうぞ！」

俺が欲しいのは若い女性ではなく、年上の女性。

その価値から考えて、恐らく、奴隷商がお勧《すす》めする女奴隷の中にはいないはずだ。

むしろ、価値が低いとされる女奴隷の中にこそいる気がする。

「いや、俺が見たいのは、家事奴隷をはじめとする価値が低い女奴隷を見たいんだ」

「家事奴隷……そうですか失礼しました。確かに一人になられたら家事でお困りになられますな。このドロマ勘違いしました。それじゃあちらのカーテンから先が家事奴隷をはじめとする価値の低い奴隷でございます……どうぞご自由にご見学下さい」

言葉使いは丁寧《ていねい》だが表情はがっかりした様だった。

まぁ、余《あま》り儲《もう》からない客だから、「どうぞ勝手に見て下さい」そんな感じだろう。
カーテンをめくり、中を見た。
見た感じの第一印象は（酷《ひど》いな）だ。
おすすめの奴隷がいた場所の中には絨毯《じゅうたん》が敷いてあり椅子やベッドがあった。
だが、カーテンをくぐった先にあったのはただの檻《おり》だ。
サーカス等で猛獣を入れている檻となんら変わらない。
薄暗い中ひとつひとつ檻を見ていくが、男ばかりで女性は少ない。
（流石《さすが》にそんなタイミングよく、良い相手が見つかるわけないか）
そう思いながらも暗い檻を覗《のぞ》き込《こ》む様に見ていった。
諦《あきら》めかけていた時、一番奥の場所で一人の女性に目が止まった。
黒髪を無造作に後ろで束《たば》ねている。
この世界はかなり前に異世界召喚を止《や》めたから黒髪は凄く珍しい。
俺は過去に一人しか見た事がない。
その一人は今、普通に考えてこんな所にいるわけがない。
俺は檻に近づいた……彼女じゃなくても俺の前世は日本人だ。
黒髪は凄く気になる。
覗き込んだ瞬間目と目が合った。

「嘘⁉　静子《しずこ》さん！」

声に反応してこちらを見た彼女も、俺を見て驚いていた。

「セレスくん……」

俺が驚かないわけがない。

静子さんは俺の初恋の人……そしてゼクトの母親だ。

◆◆◆

購入前の奴隷と長く話すのはマナー違反だと以前に聞いた事がある。

だから俺は「静子さん、待ってて！」と伝え、奴隷商を呼んだ。

「この人買います……幾《いく》らでしょうか？」

「あっ買われるのですね。それなら銀貨五枚に奴隷紋が銀貨三枚です。宜《よろ》しいですか？」

奴隷紋とは奴隷に刻《きざ》まれる刺青《いれずみ》の様なもので、これによって所有者が分かるほか、魔法的な力で、主人に逆らえないようにするものだ。

思った以上に安いな。前に酒場で、普通の女奴隷は最低でも金貨五枚と聞いた事がある。

心配だから一応なぜ安いか詳《くわ》しく聞いてみた。

「セレス様、私はこれでも国から免許を頂いた奴隷商です。だからお客を騙《だま》して高く売りつけたりしないだけです。この奴隷で言うなら、珍しいですが人気のない黒目黒髪。そして経産婦《けいさんぷ》の高齢の村女。このくらいが妥当《だとう》な金額です」

静子さんはゼクトの母親、そう考えたら三十歳前後。

この世界だと……そうなのかも知れない。

「教えてくれてありがとう、それなら全部で金貨一枚払うから、彼女にシャワーとまともな服を用意して欲しい」

「はいご用意致します。ただ若い子用の服しかありませんが宜しいでしょうか？」

「お願いします」

「それじゃ、こちらの皿に血を少し下さい。奴隷紋を刻むのに使います」

「ああっお願いします」

サロンでお茶を飲み待つ事三十分……着飾った静子さんが現れた。

「凄く恥《は》ずかしいわ」

そう言ってスカートを引《ひ》っ張《ぱ》る静子さんは凄く可愛《かわい》い。

まぁ奴隷商が用意する服だから、丈が短く油断すると下着が見えるくらいセクシーだ。

「静子さん、ごめん……ここを出たら新しい服を買いに行くから」

「そうね……こんな、おばさんを買って貰って悪いけど、これは恥ずかしいわ。そうしてくれると助かるわ」

そういう静子さんは耳まで赤くしていて、とても可愛く見える。

「セレス様、一応これ書類です。まぁなくしても奴隷紋が刻まれているので、所有者は分かりますから問題はありません。これよりこの女性は貴方《あなた》の物です……ご購入頂きありがとうございました」

俺は耳まで赤くなった静子さんの手を取り奴隷商を後にした。

◆◆◆

二人で古着屋に行き、服を買った。

どんな物が良いのか分からないので静子さん自身に選んで貰った。

その後、串焼きとワインを買い宿屋に来た。

酒場よりも落ち着いて話せる……そう思ったからだ。

勿論《もちろん》、ベッドは二つある部屋をしっかり選んだ。

グラスにワインを注《そそ》ぎ入《い》れ、串焼きをお皿に並べた。

すると静子さんは床に座り三つ指を立てて頭を下げてきた。

「こんな草臥《くたび》れた奴隷を買って頂きありがとうございました。これからは誠心誠意……」

「静子さん、そんな事しなくていいから」

驚いた俺は慌《あわ》てて止めに入る。

「うふふっ私……奴隷ですよ。こうするのが当たり前、ううっ」

今まで我慢していたのだろう。静子さんの目に涙が溜《た》まり、そして零《こぼ》れ落《お》ちた。

「泣かないで下さい、落ち着くまで待ちますから……。落ち着いたら何があったのか話して下さい」

静子さんをなだめながら、ただただ落ち着くのを待った。

「ううっ……はい」

美女の涙は本当に怖いな。

どうしてよいのか分からなくなり、ただただオロオロするばかりだ。

状況が状況なのに、ついドキドキしてしまう。

やはり、俺は前世の年齢に引《ひ》っ張《ぱ》られている気がする。

メルが泣いていても、子供をあやす感じで簡単に頭を撫《な》でて、落ち着かせて終わりだ。

だが、静子さん相手にはそうはいかない。

子供をあやすのとは全く違う。

静子さんはやはり、本当に美人だ。

一番近いイメージだと古いアパートの管理人をしている、ひよこのエプロンをしている未亡人が近いかも知れない。

それはさておき、日本人っぽい、大人の美人の容姿をしている彼女は、前世が日本人の俺にはドストライクだ。

もっとも、静子さんは転生者でも日本人でもなく、大昔の転移者の隔世遺伝《かくせいいでん》、いわゆる先祖返りらしい。ご先祖様の名前にちなんで、静子という和風の名前をつけたそうだ。まぁゼクトとセクトール《ゼクトの父親》から聞いた話だ。この辺りは静子さん本人も小さい頃の思い出なのであくまで親から聞いた事がある。そんな感じで余り詳しくはない。

ちなみに大昔は黒髪、黒目は美女の証《あか》しだったが、今では『大昔の転移者がやらかしたせい』で嫌われている。

暫《しばら》く静子さんは泣いていたが、ようやく落ち着いたのか儚《はかな》い声で話し始めた。

「私、旦那《だんな》に売られちゃったんです」

「売られちゃったって、セクトールおじさんにですか？　国から沢山《たくさん》のお金を貰ったんだからお金に困るっているわけではないですよね」

普通に考えたら静子さんが奴隷になるのはおかしい。

ゼクトが勇者と国から認められた時に莫大《ばくだい》な一時金が入っているはずだ。

普通に考えて奴隷になんてなるわけがない。

「そのお金も、もう多分ないと思います」

お金が手に入ったセクトールは、そのお金で賭け事や女、お酒に嵌《は》まった。

他の三人の親が地道に畑を買ったり、貯金をしているのに対して、どんどんお金を溶かしていったそうだ。

女といっても商売女相手だからそこはがまんしていたそうだ。

ただ、余りにもお金使いが荒かったのでそれを咎《とが》めたら、

『今まで悪かった。そうだな、最後に街に行ってお前と少し贅沢《ぜいたく》して、もう無駄使いはやめよう』

そう言われたそうだ。

ウキウキして一緒に街について行ったらそれは罠で、そのまま奴隷商に売り飛ばされたそうだ。

「酷い話ですね。ですがそれならゼクトに手紙でも書けば」

「駄目よ。あの子は父親に懐《なつ》いていて私を嫌っていたから」

そう言えば、あいつは真面目《まじめ》な静子さんを嫌っていたな。

「セクトールおじさんは真面目だと思っていたんですが」

「お金があの人を変えたのよ……でもお金の事がなくても、あの人は」

ゼクトは女癖が悪いだけだが、セクトールは本物のクズだ。

悲しそうにしている静子さんを見ていると、子供の頃の事を思い出した。

『僕、静子おばさんと結婚したいな』

そう言った俺にセクトールは……。

『そうかセレス、お前が十五歳になる頃にはあいつは良いババアだ……そうだな金貨一枚で譲《ゆず》ってやるよ』

そんな事を言われた記憶がある。

確かにこの世界は二十歳《はたち》を超えたら女性の価値は下がる。だが多くの夫婦は思い出も情もあるから別れずにいる。

今思えば、あれはセクトールの本音だったのかも知れない。


「言われてみれば、元からそんな雰囲気はあったかも知れませんね」

「ええっ」

「しかし、セクトールおじさんに腹が立たないんですか？」

「腹は立つけど、仕方ないわ……それにあの人も……どうせすぐに地獄に落ちるわ」

そこまで溶かし続けていたらお金がなくなるのは確定だ。

しかも、聞いた限りでは作物も育てていないから税金も払えないだろう……そう考えたら静子さんは奴隷になって助かったのかも知れないな。

「なんだか言いづらい事を聞いてすみませんでした」

「うふふっ、よいのよ。こんなおばさんを買ってくれたんですもん。嬉しいわ」

泣《な》き止《や》んだ静子さんがこちらを見て笑ってくれた。

泣いている静子さんも綺麗《きれい》だけど、笑顔の静子さんはそれ以上に綺麗だ。

この世界じゃ超ババコンと言われるかも知れない。

だが、前の世界の記憶がある俺には、本当に包容力《ほうようりょく》があり人間として完成するのはこの位の年齢だと思う。

この魅力が分からないなんて勿体《もったい》ない。

「そんな、静子さんはおばさんじゃないですよ」

「そう？　そんな事言ってくれるのはセレスくんだけですよ、うふふっ」

静子さんはどんな時も笑っている。

俺の両親が亡くなった時も励《はげ》ましてくれた。

俺がゼクトや幼馴染《おさななじみ》を助けてやりたいと思ったのは村の皆が優しくしてくれたからだ。

その中でも静子さんは特別だった。

何時《いつ》も優しく母親としても最高の女性に思えたんだ。

「そんな事ないですよ、静子さんは本当に素晴らしい女性です」

本当に俺は心からそう思う。

「うふふっ、嬉しいわ。それなら、美味《おい》しい物でも作ろうかしら？　あらっその前に私すでにセレスくんの奴隷だったのよね？　何かして欲しい事ある？」

「それなら、その……恋人か夫婦の様にしてくれると嬉しいです」

「嫌だわ、そんな冗談、こんなおばさん捕《つか》まえて……」

静子さんはおばさんって言うけど、俺の感覚からしたらまるで、漫画や小説の未亡人のヒロインにしか見えない……前世で見てた芸能人の二十代後半の女性より絶対に綺麗に思える。

「本気ですよ……俺子供の時に告白したことあるでしょう？」

「そう、だけど私、セレスくんの倍近い齢《とし》よ？　セレスくん美形なんだから、可愛い子が放っておかないでしょう？　ほら幼馴染の子達だってね」

「あはは、それなら全員ゼクトに取られちゃいました」

「あら嫌だ、馬鹿ね。ゼクトなんかよりセレスくんの方が絶対に良いのに。あの子達本当に見る目がないわ。それなら、そうねセレスくんが『本当に好きな子』が出来るまで、その恋人になってあげるわ」

「ありがとう」

「いいのよ。私にとって、今まで出会った男のなかで一番素敵な子なんだから。寧《むし》ろお礼を言うのは私だわ」

「それでもありがとう」

こうして、俺と静子さんの楽しい生活が始まった。

◆◆◆

昨日はドキドキして眠れなかった。

嫌な言い方だが、この世界で初めて恋をしたのが静子さんだ。

その静子さんと一緒なんだ、仕方ないだろう。

静子さんは奴隷として売り飛ばされたのがショックなのか泣いていた。

俺は手をしっかり握《にぎ》って生殺しの状態で眠った。

「おはよう」

「おはようございますセレスくん」

起きたらいきなり目が合ってしまった。

「あっごめん」

手を握ったままだった。

「うふふっよいのよ、寧ろありがとう……私が泣いていたから手を握ってくれていたんでしょう？　優しいわねセレスくんは」

今までも勇者パーティで幼馴染達と一緒に寝た事はある。

だが、対象外と対象内じゃ全然違う。

あいつらと寝ている時は、娘や姪《めい》っ子《こ》と一緒に寝ている感覚だった。

静子さんとは全然違う……正直言えば昨日は眠るどころではなかった。

体は少年、中身は中年……これはなかなか辛《つら》いものがある。

「それじゃ一緒に出かけようか？」

「出かけるってセレスくん、どこに行くの？」

「朝食を食べて、その次は冒険者ギルドに行こうと思う」

「朝から外で食べるんだ。凄い……」

確かに村じゃ食事するところは一軒しかなかったし、朝からはやってなかったもんな。

「前もって頼めばこの宿屋でも食べられるけど、近くにモーニングが美味しい場所があるんだ、そこに食べに行こう！」

「私、結婚してから外食なんてほとんどした事がないから、凄く楽しみだわ」

「そう？　俺は勇者パーティだったから、旅から旅で外食か野営での食事ばかりだったよ。とりあえずお腹がすいたから行こうか？」

「はい」

◆◆◆

食堂に着いても静子さんはメニューを見て悩んでいた。

メニューとにらめっこしている静子さん……凄く可愛い。

なかなか決まりそうにないので、静子さんに言って、俺はモーニングセットを二つ頼んだ。

「これ凄いわね、沢山の料理がお皿に載っているわ」

いわゆるモーニングプレートだ。

「そうだよね、確かにこれは村では出ないよね……というか村には食堂が一軒しかないもんね」

「そうだわ」

「だけど、俺は静子さんの手料理の方が食べたい」

「うふふっ、そう？　それなら材料さえ買ってくれれば作るわよ」

「ほんとう？　すごく楽しみ」

勇者がチートだというけど静子さんもある意味チートの様な気がする。

料理も美味しいし、掃除を含《ふく》め家事は万能……そして凄い包容力。

確かにメル達は美少女だけど、まだ子供だから、この包容力がないんだよな。

聖女のマリアだって全然及《およ》ばない。

俺が女性に一番求めるのはこの包容力。

一緒にいて疲れない……うん、これが一番だ。

「どうしたのセレスくん、そんなに見つめて」

「いや、幸せだなと思って」

「そう、そう思って貰えて私も嬉しいわ」

静子さんはとても嬉しそうにモーニングセットを食べている。

そんな静子さんを眺めながら、ただ一緒に食事するだけで……本当に楽しい。

◆◆◆

冒険者ギルドに来た。

この世界の冒険者ギルドは酒場を併設《へいせつ》した造りで、奥に受付をするカウンターがある。

今日の目的は静子さんの冒険者登録と賃貸物件を探すためだ。

俺が顔を見せると、受付嬢がすぐに飛んできた。

「これはセレス様、今日はどういったご用件でしょうか？」

こういう所はSランク、待たずに応対して貰えるから得だ。

「冒険者の登録とパーティ申請をお願いしたい」

「そちらの女性とですか？　失礼ながらもうロートルもいい所じゃないですか？　セレス様ならもっと相応《ふさわ》しい人を紹介しますよ」

静子さんの顔が凄みのある少し怖い表情になった気がした。

「うふふっ、確かにもうおばさんですからね……ですがセレスくんと組むなら、そうね、元の冒険者登録を引き継いだ方が良いわ。登録じゃなくて資格復活申請の方をお願いします」

「静子さん、冒険者だったんですか？」

「ええっ、だけどその事は元の旦那も息子のゼクトも知らないわ。結婚する時には辞《や》めていたからね。まぁ二人ともプライドの塊《かたまり》だから黙っていたのよ」

「そうですか？　ならこちらに少し血を頂けますか？　まさか血液登録のないDランク以下ってわけじゃないですよね！」

「うふふっ調べてみれば分かるわよ」

「はぁ～」

何だか溜息《ためいき》をついていて受付嬢の態度が良くない気がする。

静子さんは……こんな状況でもニコニコしている。

血液を採《と》り、暫《しばら》く待った。

受付の奥から髭《ひげ》もじゃの男が焦《あせ》ったように走ってきた。

ギルドマスターのベルダーさんだ。

「まさか、復帰されるのですか⁉」

ベルダーさんが話しかけたのは俺ではなく静子さんの方だった。

「うふふっ、まぁね。この齢《とし》になって良縁に恵まれたから復帰しようと思うのよ。駄目かしらベー坊」

静子さんはまるで知り合いと話すかのように話している。

あだ名で呼ぶほど、仲が良かったのか？　ギルドマスターと？

「ベー坊は止めてよ静子さん。これでももうギルマスなんだからさぁ」

「そうね、ごめんなさいね、ベルダーさん、それで私の復活申請は大丈夫かしら？」

なんだか凄い話になってきているな。

「ああっ、勿論《もちろん》だとも『黒髪の癒《いや》し手《て》』が復活するんだ反対なんてするもんか！」

え～と何これ？

「静子さん『黒髪の癒し手』って何？」

どこかで聞いた気がする。

「ああっセレス様！　静子さんも元S級冒険者なんですよ。俺の世代の憧《あこが》れの存在で、回復師《ヒーラー》として右に出る者はいなかったんだ！　流石に同じS級とはいかないが、A級から再スタートが宜しいかと……どうかな」

「うふふっ構わないわ」

「そう言ってくれると助かる。それじゃ私はこれで失礼させて頂きます……後は頼んだぞ！　サリー」

「はい……そのすみません。失礼しました」

そう言うとベルダーさんはサリーという名前の受付嬢に頭を下げさせ、業務に戻っていった。

S級とA級のパーティだが、静子さんは奴隷のため、稼いだ物は全部俺の物になる。

もっとも財布は一緒にして、静子さんにも自由にお金を下ろせるようにしたから何も問題ない。

だけど、そんな実力のある冒険者なら何故、簡単に奴隷になったんだ？　不思議でならない。

今日の夜にでも聞いてみようかな。

◆◆◆

翌日。

「行ってらっしゃい～」

「行ってきまーす」

静子さんに見送られて、俺は宿を出た。

静子さんを冒険者登録、パーティ登録はしたけど、あえて今は専業主婦をして貰う事にした。

本当は、A級で凄腕なのは分かっているけど、この方が家庭的な気分が味わえて俺が楽しいからだ。

昨日の夜は宿に戻り、ゆっくりと話を聞いてみた。

静子さんは　リダやマリア、メルの母親達と一緒に冒険者をしていたそうだ。

結構な腕前の冒険者だったが、女ばかりの冒険者なので変な男がよく寄ってきた……それで片端から返り討ちにしていたらしい。

「そうしたらね、年頃を過ぎても、うふふふふっ誰も寄って来なくなっちゃったのよ」

それで、冒険者を辞めて普通の街娘になり、旅をしながら、ジムナ村にたどり着き結婚をし村人になったそうだ。

「それは分かるけど、何で奴隷として売られたの？　暴れりゃよかったんじゃないかな？」

「いやぁ油断しちゃったのよね。まさか後ろから薬を打たれるとは思わなかったのよね。うふふっ本当に油断したのよね……まさか裏切られるとは……セクトール、今度あったら殺しちゃおうかしら」

静子さんの背後から何やら黒い物が出ていた。

この話はここで終わりにした方がよさそうだ。

しかし今日も眠いな～。

別に昨晩何かしたわけじゃない。

ただ、同じ宿屋の部屋で寝ていただけだ。

一応静子さんは俺の奴隷だから頼めば『そういう事』もしてくれるだろう。

だが、それはやはり『恋愛』とは違う。

だから、しばらくはこの生殺しのままで我慢する事にした。

リダやマリア、メルのナインペタン集団と違い大人の体型でボンッキュッボンの静子さんがとなりで寝ているのにはやはりそそられる。

あの価値が分からないなんてこの世界の男は凄く勿体《もったい》ない気がする。


宿を出た俺が向かったのは昨日の冒険者ギルドだった。

「さぁさぁセレス様、沢山の塩漬けがありますよ……どれから行きますか？」

受付のサリー嬢が今日も張り切っていた。

昨日ギルドに来た際にお金になる塩漬けの依頼のチョイスを頼んでおいた。

多分、静子さんに『ロートル』と言ってしまった挽回《ばんかい》のためか凄く笑顔で俺に接してくる。

ギルマスと仲が良い冒険者に嫌われたくない。それが本心なのかも知れない。

その証拠に無理して笑顔を作っているせいか、たまに口元がひくついている。

「そうだな……これがいいかな？　うん、これにしよう」

俺は地竜の討伐の依頼を受ける事にした。

「いきなり竜種！」

まぁ驚くだろうな。地竜はワイバーンなんかの亜竜とは違い、本物の竜だ。竜種の中では弱いとはいえ普通は単独じゃ挑《いど》まない。騎士団かB級以上の冒険者二十名以上で討伐する物だ。

「まぁ、どうにかなるだろう」

「流石はS級ですね！　まぁS級の人はもはや人間の範疇《はんちゅう》から超えていますから、何も言いません、ハイどうぞ！」

S級はある意味人間の範疇を超えた存在だから、こんな物だ。

◆◆◆

更に翌日。

「それじゃ行ってきます」

「はい行ってらっしゃい」

静子さんが笑顔で送り出してくれる。

それだけで嬉しいのに、今日からは静子さんのお弁当つき。

静子さんの料理がどうしても食べたい俺は台所がついた部屋のある宿屋へ移った。

この世界では長期の宿屋暮らしの人も多く、台所つきの宿屋も結構ある。

前の世界でいうウィークリーマンションみたいな物がないから兼《か》ねているのかも知れない。

地竜がいる場所近くに着いてから静子さんが用意してくれたお弁当を食べた。

うん、美味《うま》い。

俺も料理は出来るけど、前世でいうお子様料理だ。

カレーモドキにハンバーグモドキとかだな。

こういう煮物とかは苦手だから、本当に凄く美味しく思う。

家庭の味って凄くよいな。

◆◆◆

「ただいま、地竜二体狩ってきましたから査定《さてい》お願いします」

「え〜と、まだお昼前なんですが……」

S級の俺にはそう難しい依頼じゃない。

俺が収納袋から地竜二体を取り出そうとしたら、頭が出てきた所でサリー嬢からストップが掛かった。

ちなみにこの収納袋は魔法道具の一種でかなり大きな物も入る。

勇者パーティで荷物持ちを兼ねていた俺は、その必要性からこれだけはどうしても大きな物を買う必要があったんだ。

「待って下さい！　そんな大物をここで出されても困ります！　倉庫、倉庫で出して下さい！

ギルマスもすぐに呼んできます」

こういう所はS級は凄く便利だ、最優先で何でもして貰える。

「ああっ。分かった」

俺は倉庫に行き地竜二体を取り出して置いた。

「あの、セレス様これじゃ他の物が取り出せません、少し横にずらして貰えますか？」

倉庫で作業しているギルド職員の男から注意を受けた。

「了解した」

仕方なく俺は地竜を横にずらした。まぁ倉庫の半分を占めるから確かに邪魔だ。指示どおり寄せてあげた。

サリー嬢から話を聞いたギルマスのベルダーさんが凄い勢いで走ってきた。

「セレス様、話はサリーから聞いた。流石だな、地竜を狩るとは……はぁっ!!　これ地竜じゃねーぞ！」

「まさか違うと言って、討伐金額を値切ったりしないですよね？」

「ち、違う……小さい方は地竜だが、それの三倍位ある奴は岩竜《がんりゅう》だ！　地竜が成長して上位種になったものだ。こんなのどうやって狩ったんだ？」

「そこは剣で飛び掛かって、バインッって足を斬って、首をズバッと刎《は》ねたら死んだ」

「なんでセレス様はいつもそう、擬音で誤魔化すんだよ」

「さぁ」

「ギルマス、聞いちゃ駄目ですよ！　まぁ冒険者なら誰でも持つ隠し玉、そういう事ですよね？」

「そういう事だ」

ただ単に本当に飛び掛かって斬り殺しただけなんだけど？　説明がメンドクサイからこれでよいや。

「それでな。小さい方の地竜は金貨千枚（約一億円）で即金で払うが、岩竜の方は少し待ってくれ」

「別に構わないけど、何で？」

「多分だが、王室が、恐らく金貨三千枚位で頭部と骨は買うと思う。残った素材はオークションに掛けるからお金にするのに一週間位掛かるんだ、頼むよ」

「それなら問題ないからよいよ。それじゃ金貨千枚のうち金貨二十枚だけ現金で貰って、残りはパーティの口座に入れておいて欲しい」

「分かった、助かるよ」

冒険者証は身分証明の他、前世でいう銀行口座も兼ねている。

パーティ口座は共有口座みたいなもんだ。

これでお金の算段はついた。

勇者パーティから離れた事だし、しばらくはゆっくりしますか。

◆◆◆

ギルドを出て、宝石店に来た。

「いらっしゃいませセレス様、今日はどんな物を！」

S級冒険者で顔が売れているせいか、黒服の男性がすぐに寄って来た。

前世なら指輪を贈るが、この世界ではネックレスを贈る行為がそれに該当する。

メルにあげたのは、金貨五枚する品だったが、今回はかなり奮発して金貨十枚使う予定だ。

ちなみにこの世界には給料三か月分なんて決まりはない。

ゼクトなんてどう見ても露店の安物をあげていたから、金額＝愛情なんて考えはこの世界にはない。

しかし、このネックレスをあげる行為は『君に首ったけ』という意味から出来たらしい。どう考えても昔の異世界人が伝えた気がする。

「金貨十枚の予算で、黒髪の女性に似合うネックレスを選んで欲しい」

「そうですな、こちらの緑の石の物はいかがですかな？　一点ものですから二つとありません
し、彫刻もかなり手の込んだ造りになっています」

「それじゃそれを下さい。箱にはリボンを掛けて下さい」

「畏《かしこ》まりました」

宝石商を後にして花屋で薔薇《ばら》の花を三十本買ってと。

ついでにケーキでも買って帰るか？

静子さん……喜んでくれるとよいな。

◆◆◆

俺は収納袋に花束とネックレス、ケーキを入れて宿の部屋に戻った。

こういうところは前世と違い、後ろ手に誤魔化さないですんでとても便利だ。

「ただいま〜」

「おかえりなさい、随分《ずいぶん》早かったわね」

静子さんが笑顔で出迎えてくれる。

それだけで幸せな気分になれる。

「静子さんに早く会いたいから、頑張って仕事を早く終わらせたんだ」

「うふふふっ、嬉しいわ」

これだよ、これ！

美女の包容力のある笑顔。

凄く癒される。

マリアは聖女だから癒し系とか言われていたけど。

本物を見てしまったら偽物《にせもの》にすら思えてしまう。

こういう笑顔って、きっとこの位の年齢にならないと絶対に出来ないと思う。

「いつ見ても凄く綺麗だ！」

「うふふっありがとう！　セレスくんも凄く素敵よ！　だけど、おばさん、そんな事余り言われた事がないから、照れちゃうわ。顔が赤くなってセレスくんをまともに見られなくなっちゃうわね」

「静子さんはおばさんじゃないよ……せいぜい、お姉さんだと思う」

「そう？　そうかな？　そう言われるとおばさん照れちゃうな」

「おばさんって思ってないし、凄く綺麗だと思っているよ！　本当にそう思っているから、だからあまりおばさんって言わないで欲しいな」

「そうだったわ。ゴメンつい出ちゃうのよね。あまり言わないように気をつけるわね……本当にごめんなさい！」

「本当に綺麗で美人。そう思っているから、そうしてくれた方が凄く嬉しい」

「本当に？　おばさん困っちゃう……あらいやだいけないわ」

「ゆっくりでいいよ」

「そう言ってくれると助かるわ」

仕方がないよな、ゼクトのお母さんだし。恐らくは少し前まで俺のことは『息子の友達』そう見ていたんだから。

俺だって最初は『こんなお母さんがいたら良いな』からのスタートだ。

もっとも、半分は、そういう対象で見ていたのは間違いない。

「時間は沢山あるんだからさぁ……はいこれ！」

俺は収納袋から薔薇の花束を取り出した。

「うそ、これを私にくれるの？　凄く嬉しいわ、ありがとう！」

はにかみながらの笑顔。これ一つとっても『買ってきて良かった』本当にそう思える。

案外、俺はちょろいのかも知れない。

「他にもケーキも買って来たから食べない？」

静子さんの顔が少しだけふくれた顔になった。

「セレスくん、それは食事が終わってからね。お菓子を先に食べるとご飯が食べられなくなるでしょう？」

これは小さい頃に静子さんや他の仲間のお母さんからもよく言われた。

折角《せっかく》この流れでネックレスを渡そうと思っていたのに、仕方がない。

俺は静子さんに理想の女性の他に、理想の母親の面影《おもかげ》も重ねていたのかも知れない。

「そうだね、ご飯をしっかり食べた後じゃないとね」

「なんだか、変な顔をしているわね」

「いや、小さい頃にゼクトと一緒によく言われたなぁ～と思ってさぁ」

「うふふっ、確かによく言っていたわね」

本当に静子さんには癒されるな。

◆◆◆

「この煮物にスープ、凄く美味しい」

「こんな田舎料理しか作れないけどね！　昔からよく美味しいって食べてくれたよね、そう言ってくれるのはセレスくんだけだよ」

その田舎料理が凄く美味しい。

お袋の味というか懐《なつ》かしい味というか、なんだかとってもホッとする。

食べなれているからゼクトもセクトールおじさんもそうは思わないかも知れないが、これ程美味しい料理は他にはない。

『お袋の味』『ふるさとの味』兎《と》も角《かく》、何とも言えない愛情あふれる美味しい味だ。

「静子さんの味って言うのかな、食べると凄くホッとする」

「うふふっ、そう言ってくれると嬉しいわ。本当に作りがいがあるわ」

静子さんはよく笑う。

その笑顔を見ているだけで凄く癒される。

こういう大人の笑顔や表情は残念ながらマリア達が出来るようになるには十年は掛かるだろうな。

◆◆◆

食事が終わると静子さんがお茶を入れてくれた。

この世界特有の葉っぱを乾燥させて湯を注《そそ》いだものだ。

それに俺が買ってきたケーキが添えてある。

今思えば、勇者パーティでは凄く不遇だった気がする。

家事一式をやらされながら、討伐の下準備までしながら生活していた。

今とは全然違う。

「静子さん、ありがとう！」

「この位はさせて貰《もら》わないと悪いわ」

そういうこの部屋はほこり一つなく綺麗だし到底《とうてい》『これ位』なんて物じゃない。

家事をやった事がない人間にはその凄さと苦労は分からないんだろうけど。

「静子さん、これよかったら貰ってくれないかな？」

静子さんがお茶を飲んで寛《くつろ》いでいる瞬間を狙って、ネックレスの入った箱を取りだした。

「え～と何かしら？　……宝石？」

静子さんの顔が驚いた表情に変わった。

「開けてみて」

「うん！　嘘これ有名なお店じゃないの？」

「これ位はさせて貰わないとね」

静子さんは綺麗な指で丁寧に包装を開けていく。そのしぐさも品がある気がするのは気のせいではないだろう。

幼馴染の三人ならきっとグチャグチャだ。

「ネックレス、綺麗な宝石！　これを私にくれるの？　意味をちゃんと分かっててくれるの？」

「勿論《もちろん》！」

「分かったわ、こんな物までくれるなんてもう！　私は奴隷としても価値のないおばさんだし、今の私はセレスくんの奴隷だから、貴方《あなた》が望むならこんな事しなくても、命令で何でもさせられる存在なのよ！　それなのに、本当に良いのね？　こんな事して、後悔しないのね？」

静子さんはまっすぐ俺の目を見て、真剣な表情をした。

俺もまっすぐ静子さんの目を見ながら真剣にこたえた。

「するわけないよ！　静子さんはこの世界で初めて好きになった人だから……」

「分かったわ、受け入れるわ」

静子さんは嬉しそうに、俺のあげたネックレスを首から掛けてくれた。

「どう？　似合うかな？」

髪をかき上げてネックレスを身に着ける笑顔の静子さんは、凄く綺麗で、今までで一番愛おしく思えた。

閑話◆セレスくんに愛されて

ハァ〜これで逃げ場はなくなったわね。

『本当に好きな子』が出来るまでの偽《いつわ》りの恋人。それでよかったのに。

こんなおばさんがそれ以上なんて望んじゃいけない。

いつかきっとセレスくんが後悔する時が来る。

だからそう答えたのに、まさかネックレスまでくれるとは思わなかったわ。

大体、こんな扱い、私はされた事がないのよ。

前の旦那《だんな》のセクトールは浮気ばかりして、私にはほとんど何も買ってくれなかったわ。

村の女なんてこんなもの。そう思っていたのよ。

確かに小さい頃から「好き」「結婚したい」なんて言っていたけど……本気だとは思わないじゃない？

だってセレスくんがそう言っていたのって、五歳位からなんだから。

しかも、その時だってこっちはもう二十歳《はたち》近いおばさんだったし。

セレスくんは早くにお母さんを亡くしたから寂しいのかな。そう思っていたんだよね。

大体ミサキ（マリアの母親）にも似たような事言っていたしね。

だけど、今思えば心当たりはあるわ。

よく川魚を焼いた串焼きをくれたし、川で綺麗《きれい》な石を見つけたと言ってはくれたし、よく手伝いもしてくれていたわ。

『凄く良い子』『ませているな』そう思っていたけど。

そうかぁ……本気だったんだ。

今思えば、本当に子供だったけど、旦那や息子より優しかったわ。

受け入れるのは決定。

だけど、ずっと使ってなかったから手入れしてないわね。

最後にしたのは、うふふふっ前すぎて分からないわ。

下手したら十年位してないんじゃないかな？

伸びきった毛は切ったけど、流石《さすが》に体型は崩れた気がするわ。

この体で十代半ばのピチピチの男の子を受け入れるのかぁ〜。

本当に良いのかな？

だけど……望んだのはセレスくんだ。

仕方ない。せめて十年前ならと思っても、その時はセレスくんは四、五歳だし無理だわ。

これ以上待たすのも悪いわ。

覚悟を決めるしかないわね。

「セレスくん、私お風呂終わったから、今度はセレスくんが入って」

もう後戻りは出来ないわね。

◆◆◆

バスタオルを巻いて、そのまま毛布にくるまったわ。

後はセレスくんが出てきたら「来て」、そう言うだけで、総《すべ》てが始まってしまう。

多分、セレスくんは初めてよね……いい思い出になるとよいんだけど。

「静子さんお待たせ」

もう……受け入れるしかないわ。

「セレスくん……来て」

セレスくんは優しく私を抱きしめてきた。

「あの、セレスくん、私久しぶりだから……優しくしてね？　やり方は分かる？」

頷《うなず》きながらセレスくん、セレスくんはキスをしてきた。

「うん、うんうぐっうんうん」

いきなり舌を入れてきた……なんだか手慣れている気がする。

「ハァハァセレスくん……随分《ずいぶん》手慣れているわね」

「ハァハァ手慣れてなんてないよ……大好きな静子さんに、したい事しているだけだよ」

「ハァハァそう……嘘、そこは、そこは汚いわ。そんな事しなくていいから、恥ずかしい、本当に、あああーっ」

そんな所触《さわ》られた事ないわ……そんな汚い所にキスしたり舐《な》めたりなんて普通は出来ないわ。

「ハァハァ……なんでそんな事が出来るのよ……そんな事ハァハァ普通は出来ないよ」

「大好きな静子さんに汚い所なんてないよ……」

恥ずかしいけど……凄く気持ち良い。

というより……セレスくんが凄く気持ち良い……これが本当の営《いとな》みだというなら、今までのは違う。

一生懸命、私を求めてくれる。

愛されているのが分かる。

自分の体が火照《ほて》りだし、女としてセレスくんが欲しくて、欲しくてたまらなくなっていた。

気がつくと私はセレスくんを受け入れていた。

今までの人生でこんなに私に夢中になってくれた人はいないわ。

よくもまぁ、こんなおばさんを好きになったものね……でもそう考えるのはセレスくんに失礼よね。

セレスくんって凄いわね……十年も私を好きでいてくれたんだから。

ここまでしてくれるなら、私だってこたえるべきだわ。

「セレスくん、今度は私がしてあげる」

私はセレスくんを自分から受け入れ腰を振り続けた。

私は貞淑《ていしゅく》な妻だと思っていた。

セクトールに抱かれた時によく『つまらない女』と言われたわ。

だけど違うじゃない……セレスくん相手ならここまで、淫《みだ》らになれる。

きっと、セクトールが『つまらない男』だったから私も『つまらない女』だっただけだわ。

気持ち良くて頭がぼうっとしてきた。

幸せすぎて怖い位……。


「あれっ、セレスくん、私……」

セレスくんが私に腕枕をしてくれている。

「もしかして私、気を失っていたの？」

「そうみたい……気を失ってそのまま寝ちゃたのかな」

「それでセレスくんは、どうしていたの？」

「静子さんが可愛《かわい》らしかったから、そのまま寝顔をつい見続けちゃった」

「まさか寝ないで、見ていたの？　恥ずかしいわ」

窓の明かりを見ると、もうお昼位になっていた。

朝どころかもうお昼か……凄いわね。

私が起きようとすると、セレスくんに手を摑《つか》まれた。

「もしかして、まだしたいの？」

セレスくんはニコリと笑い、無言で私を引き寄せコクリと頷いた。

女として求められていると分かると嬉しくて仕方なくなる。

私はきっともう……セレスくんなしでは生きていけない。

セレスくんに本当の女の喜びを教えられちゃったから。

第二章◆ジムナ村へ

「おはようセレスくん」

静子《しずこ》さんが裸で横たわっている。

「う〜ん、おはよう〜」

とは言うけど、もう朝じゃない、夜になっていた。

もうすぐまた寝る時間だ。

体の相性が良いのか、二十四時間近くやっていた事になる。

乱れたベッドの上で俺を見つめてくる静子さんを見ると、ちょっと恥《は》ずかしいものもあるけど、今までの事が現実なんだという安心感がようやく込み上げてきた。

流石《さすが》に疲れているだろうな。

「静子さんはそのまま寝ててよいよ。俺なにか作るから」

「先にベッドを綺麗《きれい》にして、シャワーを浴《あ》びた方がよくないかしら？　流石に汗とその……ベトベトだわ」

確かに汗をかいたけど、それが妙に心地よく感じる。

「静子さんの匂いがするから、もう少しこのままでいいや」

「もう！　そんな恥ずかしい事言わないで、さっさとシャワー浴びるわよ！」

そう言って静子さんは俺の手をとり風呂場へと引《ひ》っ張《ぱ》っていく。

「ちょっと寂《さび》しいな」

俺が口から漏《も》らすと、

「そんなに私の匂いが好きなら、またつけてあげるから、寂しそうな顔しないでよ」

恥ずかしそうに言う静子さんが凄く可愛《かわい》く思えて、すぐにまた元気になり、そのままシャワーを浴びながら結局やり始めてしまった。

「若いって凄いわね……またそんなに……あっ……違うわ、セレスくんが、ハァハァ凄いのかな」

若い体に心が引っ張られている気がする。

もう少し落ち着いて行動出来ると思っていたのに、体が静子さんに反応してしまう。

冷静に考えれば『やりたい盛り』の十代の体で、少し前まで童貞《どうてい》。

そして目の前にいる女性が『初恋にして理想の女性』。そう簡単に鎮《しず》まるわけがない。

俺はここまで性欲の塊《かたまり》みたいな男だったのか？

前世も含めて『違う』と思う。

恐らくは凄く相性が良い。……そうとしか思えない。

静子さんが俺の全てを受け入れてくれるから余計《よけい》に鎮まらない
結局お風呂場を後にしたのはそこからまた二時間以上が過ぎた後だった。

「なんだかゴメン」

「女として求められるのは嬉しいけど、流石にもうヘトヘトだわ。一旦《いったん》冷静になりましょう」

「そうだね」

そう言うと静子さんはお風呂場やベッドをかたづけ始めた。

俺は最初の予定通り台所で食事を作り始める。

ある食材から作れるのは、オムライスとスープか。簡単に作れて、さっと食べられるからこれで良いや。

ライスモドキをハムと玉ねぎと一緒に自家製のケチャップで炒《いた》める。

次は、溶いた卵をフライパンでトロトロにしてまとめつつ、箸《はし》で少し崩して上からケチャッププライスに布団《ふとん》を掛けるように掛けて……形をととのえて皿に盛《も》ってすぐにケチャップで静子と書いてハートで囲めば、はい出来あがり！

愛情オムライスの完成！

「静子さん、ご飯出来たよ」

「相変わらず手際《てぎわ》がいいわね。あっ、オムライス作ってくれたんだ。懐《なつ》かしいわね。だけど、セレスくんは、よくこういうハイカラな料理作るよね。私には出来ないわ。うふふふっ、ハートマークがついているわ！　嬉しいわ」

ケチャップとかマヨネーズは大きな都市に行かないとない。

作るのは大して難しくないがソースや醤油《しょうゆ》と並んで異世界調味料として一括《ひとくく》りにされ、高級調味料として売られている。

醤油やソースの作り方は分からないがケチャップとマヨネーズなら俺だって再現は可能だ。

「冷《さ》めないうちに食べよう……いただきます！」

「いただきます」

食べようとは言ったものの、嬉しそうに食べる静子さんをつい頬杖《ほおづえ》をついて見つめてしまった。

よく主婦が『やりがいがない』『作りがいがない』って言うが、この世界に来て分かるようになった。

感謝もしないゼクトやマリア達に作るのと、静子さんに作るのとでは全く違う。

美味しそうに食べてくれる静子さんになら『また作ってあげたい』そう思うが、ゼクト達相手だと『仕方ないから』そういう気持ちが強かった。

全然違うよな。

マリア達には間違ってもハートマークなんて書いてやりたいとは思わないもんな。

「また、私の事見つめて。食べないの？」

「いや、つい見惚《みと》れちゃって」

「うふふっ、もう！　またそんな事言って。　それでこれからどうするの？　やりたい事があるなら手伝うし応援するわ！」

やりたい事か――。

もう既《すで》にないかも知れない。

冒険者のランクはS、ゼクトには届かないが世界に三十人もいない頂点だ。

静子さんをこのまま妻に迎えて怠惰《たいだ》に暮らせばそれで充分だ。

「今が凄く幸せだから、もう充分かも知れない」

しいて言うなら、父性からかゼクト達が困ってないか気になるが、追い出したのは向こうだから俺が気にする必要はない。

『やりたい事がない』それが問題なのかも知れない。

「もしセレスくんが、やりたい事がないなら村に一回帰らない？　セクトールにちょっとお仕置きをしたいから……うふふっ駄目かな？」

静子さんに会えてしまいつい忘れてしまっていたが『俺は村に帰ってのんびりと田舎生活しながら、冒険者を続けようかな』そんな事を考えていたんだっけ？

すっかり忘れていた。

故郷のジムナ村に一旦帰ってもいいかも知れない。

「静子さんに会って忘れていたけど、暫《しばら》くジムナ村に帰ってゆっくりしようと思っていたんだ、静子さんが行きたいなら丁度《ちょうど》良い」

「そう、それじゃとりあえず故郷に帰りましょう」

「後の事はそれから考えればいいか」

こうして俺達は取《と》り敢《あ》えずジムナ村に帰る事にした。

◆◆◆

その頃ゼクト達は……。


「リダ、なんで金がないんだよ」

「ゼクト、そんなの私に聞かれても困るよ」

「まさか、セレスが持ち逃げでもしたのかしら」

「マリア、セレスはそんな事はしないよ。真面目が取《と》り柄《え》みたいな人だもの」

「いやだわ、メル。冗談ですよ、冗談」

気がつくと日々の生活に困るほど俺達の手持ちは少なくなっていた。

誰もお金の管理をしていないなんて最悪だ。

仕方なく俺達は冒険者ギルドに話をしに行った。

「教会からお金が振り込まれていない？」

「はいゼクト様に言われたので調べましたが、その通りです」

受付嬢も首をかしげるだけだった。

おかしい、今までこんな事はなかった。

「分かった、教会に確認してみる」

仕方なく三人を連れて教会に向かった。

教会に着くと、すぐに応接室に通されて、身分の高そうな男性が対応してくれた。

派手な服装からして恐らく司祭だ。

「お金が振り込まれていないのですか？　勇者様の案件は最優先処理なのでそんな事はないと思うのですが？　調べてみますね」

「頼む、困っているんだ！」

「ゼクト様……何も書類が出されていませんが」

「書類ってなんだ？」

そんな話は聞いた事がないぞ。

「行程予定書や支援金の要請書です」

「それってなんだ？」

司祭から話を聞くと『今こんな状況だからお金を送って欲しい』『こういう討伐をしているからその装備のお金が欲しい』。そういう事を細かく報告書にして提出。それからお金が振り込まれる。そういう話だった。

「俺は今までそんな書類を書いた覚えがない。お前達は誰か書いたか？」

三人は首を横に振る。

「ちょっと待って下さい……他の方の書いた書類に勇者様のサインの入った書類が提出されていたみたいです。代書人の名前はセレス様になっています」

俺のサイン？　ああっ！　あれか。

『教会に提出しなくちゃならないからサインくれないか？』そう言えばセレスに言われた記憶がある。

「あれか？　あれは重要な物だったのか？」

「流石《さすが》に私達教会でも、幾《いく》ら支援してよいか分からなければ、どうしようもないですよ」

その場で俺は書類を書いて、金貨六枚（約六十万円）を貰った。

これで当座の生活費は貰えたが、随分と少ない気がする。

「随分と少ない気がするが……」

「これは勇者様達の最低限の一か月の生活費です。他に経費の請求や達成目標に対する褒賞の請求が出来ます。それらがないからこの金額なのです」

「分かった、これからは気を付ける。メル、詳《くわ》しく話を聞いてお前がこれからやってくれ」

「なんで私がそんな事を……」

「お前は賢者だ。俺達の中で一番頭が良いんだ、当然だろう？」

「分かったよ」

なんだ、あの書類。本数冊分の厚みがあるぞ。

メルの顔が真《ま》っ青《さお》だ。

「メル、結構大変なのか？」

「確かに出来なくはないけど、これ村長が書く領主様への進言書並みに大変だよ！　これを私がやるなら他の仕事は免除《めんじょ》して欲しい」

「メル、それはおかしいだろう？　セレスはその書類を作りながら、雑用もしっかりこなしていたぞ」

「だったらこの書類作業リダがやってくれない⁉　文字は読めるし書けるんだからさぁ。マリアでも良いよ！　そうしたら私、雑用頑張るから……これ本当に嫌！」

メルが騒ぐので俺とマリアと二人で書類を覗き込んだら、凄くめんどくさそうなのが見た瞬間分かった。

「メル、分かった。それに専念してくれれば良い」

「そう……お金に対する報告書、本当にめんどくさい！　なんでこんな複雑なのかな？　後で皆が最近買った物の名前と幾らだったか教えて！　ゼクトは当分の目標と魔王討伐に対して、それがどんな訓練になるのかもね！」

「分かったよ」

鬼気迫るメルの前ではそれしか言えなかった。

◆◆◆

「リダ……これもう少しなんとかならないか？」

「私が作る飯が嫌ならマリアに作らせるか、ゼクトが作るしかないよ？　メルは免除なんだから……」

不貞腐《ふてくさ》れた様にリダが答えた。

いつもの陽気な雰囲気はどこかにいってしまったようだ。

「私は文句言わないから……私よりリダの方がまだましだから」

マリアは味わうのではなくまるで作業の様に口に料理を運んでいる。

「ゼクトやマリアが作って料理を焦《こ》がすよりましだろう？　私の料理はまだ食べられるんだから」

「リダ、俺が悪かった」

今いるメンバーで料理が出来るのはリダしかいない。

そのリダだって肉に塩を振って焼いたり、塩味のスープが作れるだけだ。

マリアと俺はそれ以下だ。マリアに至《いた》っては何故か食材が全て消し炭になる。

「セレスのオムライスが食べたい」

「セレスのハンバーグは絶品だった」

「おい、マリア、メル、それは言うなよ！　リダに悪い」

「いいよ、いいよ！　私だってセレスの作るケチャップのきいたナポリタンを食べたいと思うからさぁ」

セレスの作るような料理は街に出れば食べられる。

だが、高級店にしか置いておらず、四人で最低銀貨二枚（約二万円）は軽く飛んでしまう。

しかも、そんな高級店の料理ですら、店によってはセレスより不味《まず》い。

「仕方ない、明日は外食しよう」

「「「そうね（そうしましょう）」」」

そうはいってもきっとセレスの料理より不味いんだろうな。

その後の話し合いで、女性ものの下着や服を俺が洗いたくないから、マリアが洗い物担当。

宿屋や必要な物の手配や買い出しが俺の役割になった。

こんなんで討伐に集中出来るのか……俺だけじゃなくて三人もそう思っているはずだ。

◆◆◆

このままでは駄目だ、本当にそう思った。

日に日に皆が汚くなっていく。

髪型なんてマリアやメルはボサボサだ。

唯一《ゆいいつ》まともな状態のリダに聞いてみた。

「そりゃ無理だろう？」

「無理ってなんでだ？　化粧水から洗髪水までちゃんと買ってやっているんだぞ」

「髪型で言うなら、私はただ後ろで縛《しば》っているだけだから、綺麗に洗えば問題はないよ？　だがあの二人の髪型は当人の要望でセレスが髪を乾《かわ》かして整えてやっていたんだ……自分で出来ないから、そりゃボサボサにもなるさ」

ここでもまたセレスか。

このままじゃまともに旅なんて出来なくなるぞ。

皆が疲弊《ひへい》してしまう前に何とかしないと……まずい。

こうなったら恥を忍んで相談するしかないな。

まずは教会に相談してみた。

勇者や聖女は女神の使いと言われている。きっと相談に乗ってくれるはずだ。

思い切って司祭に相談してみる。

「街中ならともかく、危険な旅に同行は難しいですよ」

教会を頼れば街中でのお世話はして貰えそうだが、詳しく話を聞けば『教会で暮らせばよい』という提案だった。

その話をマリアに話したら「絶対に嫌」と、強く拒絶された。

「いい？　教会は質素《しっそ》を旨《むね》に生活しているのよ！　肉すら滅多《めった》にでないし、ベッドだって硬い、基本自分の事は自分でしないといけないの、まだ今の方がましなはずよ！」

マリアが拳《こぶし》を握りしめながら全力で拒否してきた。

そう言えばマリアはヒールの修行で二週間程教会にいたんだったな。

そのマリアが言うなら間違いはないだろう。

教会は駄目だ。

となると次は冒険者ギルドか……。

俺達は勇者パーティ。

そしてS級冒険者でもある。

相談をすると、受付嬢がすぐに話を聞いてくれたが……。

「依頼ですか？　街の中は冒険者に頼る必要はありませんよ？　店ですませば良いんです！　冒険者の方は皆そうしています。　外と言うなら多分一日金貨四枚（約四十万円）以上になると思います」

「余りにも高すぎだ！」

「S級パーティのお手伝いですから、自分の身を守れると考えたらB級以下じゃ無理ですからね。もし安くしたいなら、奴隷《どれい》を買えば良いかも知れません」

「ああっ、すまない邪魔をした」

この時の俺はかなり、テンパっていたんだと思う。

この後、奴隷が欲しいと教会に相談して怒られた。

結局、セレスが抜けた穴を埋める方法は見つからなかった。

◆◆◆

ジムナ村への帰郷の途中なんだけど、旅って凄く不便な物だと思っていたのよね……。

昔、冒険者だった頃、四人で旅をしていたけど、宿屋ってただ泊るだけの場所で快適に感じた事なんて、余りなかったわ。

それなのに、セレスくんといるとただの宿屋での生活が、全然違うの！

凄いわぁ〜毎日が楽しすぎるわ。

「静子さん凄くご機嫌だけど？　どうかしたの？」

「それはね！　うふふっ、セレスくんがいるからよ」

『朝シャン』って言うんだって。

髪の毛をね、セレスくん特製の洗髪薬で洗ってくれて、風魔法で乾かしながら梳《と》かしてくれるの。

それが凄く気持ち良いの。

こんな事してくれる旦那《だんな》なんて多分どこにもいないわね。

断言出来るわ。

村長さんの息子夫婦が仲がよいって聞いたけど、そんなの比べ物にならないわ。

これでご機嫌にならないわけないじゃない。

「そう言って貰えると凄く嬉しい。やりがいがあるよ」

本当に、バカ息子とその仲間は本当に礼儀知らずだわ。

よそ様の子を悪く言いたくないけど、こんなに尽《つ》くして貰えているのにお礼一つ言わなかったんですって。

ハルカ《リダのお母さん》が見たらきっとビンタだわ。

私だってゼクトにゲンコツ位は落とすわね。

「本当にありがとう、気持ち良かったわ」

「良かった。それじゃ俺は食事の用意するから、化粧水を使ってて。やり方はこの間教えた通りだから」

「分かったわ」

この化粧水が凄いのよ。

肌に染み込んでいって気持ち良いわ。

これもハーブから薬草から全部セレスくんがオリジナルで調合しているんだって。

昔から凄く『良い子』だとは思っていたけど、益々磨《ますますみが》きがかかっているわね。

化粧水でのお手入れが終わったら、これまたセレスくんお手製のコロンまで用意されているのよ。

これハーブのさわやかな香りがして気分が凄く良いのよね。

「静子さん、朝食が出来たよ」

ご飯を作るのは交代、交代なんだけど……おかしいわよね。

普通の男は、そんな事はしてくれない。

セクトールやゼクトなんて私が熱を出して寝込んでいても平気で『ご飯まだ?』なんて聞いてきて作らされたわ。

思いやりが全くないわ。

なのに、セレスくんときたら。

『俺も静子さんの喜ぶ顔が見たいから作らせて』

だって。こんな人、普通はいないわよね。

しかもその言ってくる相手が、若くてイケメンなんだから、これで笑顔にならないわけないじゃない？

こんな蕩《とろ》けるような生活で、ご機嫌にならないわけがないわ。

「うん、凄く甘くて美味しいわ……まるで高級レストランで食事しているみたい」

「フレンチトーストに鶏肉と野菜のトマトスープ、川魚のムニエルだから完全に手抜きだよ。流石に宿にいる時みたいなものは無理だし、静子さん褒《ほ》めすぎ」

「そんな事ないわ、いつも、いつもセレスくんには驚かされてばかりだわ」

「俺にとっては静子さんが作ってくれるご飯の方が懐かしい味で好きなんだけどね」

「そう、あんな物で良いならいくらでも作ってあげるわ」

「それじゃ、お昼を楽しみにしているね」

「うふふ、任せて。腕によりを掛けて作るわ」

私は昔から笑顔でいた。

嫌な事があっても笑顔でいた方が得だよ。

これはサヨ《メルの母親》から教わった事だ。

だけど……それは偽《いつわ》りの笑顔で、本心から笑っている事はほとんどなかった。

だけどセレスくん相手じゃまったく違う。

心の底から毎日が楽しい。こんなに優しくて、夜は激しく求められて、これで好きにならない女なんていないと思う。

本心から楽しくて笑っていられる。

もうセクトールもゼクトもどうでもいいわ。

多分もう私は母じゃない。

もしゼクトとセレスくんの二人が死に掛けていたら迷いなくセレスくんを取るわ。

私はセレスくんの女だもの。

「凄く楽しみだな」

「任せて頂戴」

微笑《ほほえ》んでくれるセレスくん以上に大切な人なんていないんだから。

◆◆◆

『一人は四人のために！　四人は一人のために！』

私達は喜びや悲しみ、その全てを分かち合う……そう誓《ちか》った。

セレスくんなら……。

まぁ皆に気に入られていたから、大丈夫だわ。

きっと驚くわね。

◆◆◆

「セレスくん、凄いわね」

「まぁこのくらいはどうにかね」

そう言いながらセレスくんは収納袋にオーガキング他三十体のオーガを放り込んだ。

はにかんだその笑顔は本当に可愛らしく愛おしい。

「セレスくん、本当に強いじゃない！」

S級というのはA級の範疇《はんちゅう》に収まらない者、全部になるわ。

世界にS級は三十人ほどいると言われているけど、S級はA級を超えた存在。それ以外の共通点はない。

つまりA級を少し超えた程度の実力しかない者でも、A級が五十人がかりでも敵《かな》わない様なとんでもない実力者でも同じS級となる。

私の仲間は全員が元S級ではあるけど、現役時代でもこんな桁外《けたはず》れの強さじゃないわ。

オーガキングは確かに一対一で倒せるけど、他にオーガが三十体となると四人が全員揃《そろ》っても全滅の可能性は高いわ。

それをたった一人で……。

これで、本当にゼクトより弱いの？

「ソロでお金を稼がなくちゃいけなくて、狩りを結構していましたから」

「セレスくん、勇者パーティに所属しているのに何でお金の心配が必要だったのかしら」

「パーティと言っても四職じゃないから支援金が貰えなかったんだ。それで、自腹でついていくしかなかったからね」

「それじゃ、ゼクト達の魔王討伐の戦いに加わりながら、自分の生活費を稼ぐために別に依頼を受けて狩りをしていた……そういう事なの？」

「まぁね、仕方ないから」

私達が息子（娘）を頼む。そう言ったから、そこまでしてくれたのかしら。

それに話を聞くと、二足のわらじを履《は》いたうえで家事まで丸投げされ、随分大変だったはずだわ。

「それって私達が頼んだからよね、ごめんなさい……」

「静子さんが謝る必要はないよ。親父《おやじ》……じゃなかった友達としてついていってやりたい、そう思って決めたのは俺だから」

「そう言って貰えると助かるわ。ごめんね、そしてありがとう」

「別にいいよ、本当に俺が好きでついていっただけだから」

「それでセレスくんに聞きたいんだけど？　今までで一番の大物って何を狩った事があるの？」

オーガキングが率《ひき》いる群れを壊滅出来るくらいだから、かなり強い物を狩った事があるはずだわ。

「竜種かな？　ワイバーン、地竜、岩竜《がんりゅう》、水竜。多分この辺りが一番の大物の気がする」

「あの……そこまでの大物を狩れて、本当にゼクト達より弱いの？」

「実際の所は分からないよ。四人の連携《れんけい》に加わるのも悪いから、遠巻きに雑魚《ざこ》を狩って露払《つゆばら》いをしていたからね。よくは分からないけど、勇者パーティだからきっと俺より強いと思う！」

「そうなんだ。だけど竜を狩ったのなら、なんで『ドラゴンスレイヤー』になってないのかな？」

「勇者パーティで旅から旅なんで、勲章《くんしょう》とか称号を貰う時間がなかっただけかな」

「本当にごめんなさい……その辺りも今度聞いてみましょう」

「そうだね」

勇者の中には竜種を狩れなかった位弱い勇者もいたらしいわ。

そう考えたらゼクトとそんなに差があるとは思えないわ。

だってセレスくんはS級でも桁違いに強いんだもの。

◆◆◆

静子さんの提案もあり、ジムナ村に行く途中の街で冒険者ギルドに寄ってみた。

聞いてみたら、俺はまだ勇者パーティに籍《せき》があるようだ。

「勇者であるゼクトと話して円満離団となったはずなんだが」

「ギルド側としましては、リーダーのゼクト様とセレス様の両者の署名の離団届けが出されていませんので、そのまま籍が残っていますね。口座管理は別だし、干渉《かんしょう》はない感じですから、別にそのままでも良いんじゃないですか？　弊害《へいがい》はないでしょう？」

「弊害がないなら別に構わないよ。多分ゼクトと会う事も、もうない可能性があるんだけど、それでも問題はない？」

「この状況なら全く問題はないですね」

だけど、おかしいな？

それなら、何で静子さんとパーティが組めているんだろう？

「あの、ですが俺が、他の仲間とパーティを組んでいるのは問題ありませんか？」

「え⁉　ちょっと待って下さい。ああっなるほど！　問題ないですね。『希望《きぼう》の灯《ともしび》』の別動隊扱いになっていますよ。パーティを組む時にパーティ名の登録の話を職員がしなかったでしょう？」

「確かに言われれば、聞かれなかった気がします」

「別動隊としてのパーティ登録だからですよ」

「それだと、静子さんの扱いはどうなるのですか？　ゼクトと話をしてないのですが」

「別動隊のリーダーはセレス様だから問題はありませんね。公《おおやけ》の肩書としては『希望の灯別動隊　リーダー　セレス』『希望の灯別動隊　メンバー　静子』となります」

そうなると、勇者パーティの特権は残る事になるのか？

「勇者パーティの特権はどうなりますか？」

「勇者パーティの特権はそもそも、一度でも所属すればそのまま通用します。通常は勇者パーティから抜ける時は、死ぬか、戦えなくなる時です。そんな方から特権を奪う事など国もギルドもしません」

確かにまともな体で勇者パーティを抜ける存在なんてまずいないよな。

「それだと私も勇者パーティ所属となるのかしら？」

「正確には別動隊の所属ですね。本隊とは関係なく、セレス様の部下という扱いが一番近いかも知れません……あっ！　あと前のギルドでドラゴンスレイヤーの称号の申請が出されていまして、許可が下りたみたいですね」

「本来、それは王様や教皇様から勲章と一緒に直接貰うんじゃないですか？」

「勇者パーティの旅の途中だからと、特例として略式での許可が下りたみたいです。肩書は冒険者証に後で記入しますから、今日から名乗って大丈夫ですよ。叙勲《じょくん》は多分ゼクト様の魔王討伐後とかになるかも知れませんが、報奨金は後日振り込まれます。岩竜のお金も一緒みたいです」

「凄いじゃないセレスくん。ついでに聞くけど他のメンバーで竜種を狩った人はいるのかしら？」

「ゼクト様が亜竜のワイバーン、リダ様が同じくワイバーンを単独で狩っていますが亜竜なのでドラゴンスレイヤーの称号は貰えません。ここ数年ではセレス様だけですね！　おめでとうございます！」

「へぇ～あのゼクトがワイバーンをね、少しはやる様になったじゃない」

「いくら親しくても相手は勇者様です『様』をつけた方が良いですよ！　遊撃隊扱いなのですから」

「静子さんはゼクトの母親なんだ。だから構わないと思うんだが、どうかな？」

「お母さまでいらっしゃいますか!?　失礼しました！」

「うふふっ、別に構わないわ、今はセレスくんの恋人だから」

受付嬢のお姉さんがペンを落とした。

「はい？　ですが静子様はセレス様の奴隷《どれい》ですよね？」

「そうね、うふふふっ『愛の奴隷』かしら？」

「セレス様……これはどういう事でしょうか？」

今日会ったばかりの受付嬢のお姉さんに何で話さないといけないのかな？

そう思ったが、ここまで話したならしっかり説明した方がよいだろう。

仕方なく、今までの経緯《けいい》を話した。

「そのセクトールって親父、女の敵ですね！　事情は分かりました。ギルドとして何か出来るわけじゃありませんが、記録にしっかり残しておきます。それでですね、愛し合う二人に提案があるのですが『ギルド婚』なさいませんか？」

「そんな、私……おばさんなのに……うふふっ恥ずかしいわ」

静子さんは知っているらしい。

顔を真《ま》っ赤《か》にしてクネクネしている。

可愛いからいいんだけど。

「ギルド婚って何でしょうか？」

「結婚の事ですよ。ギルドに『結婚しています』そういう届けを出すシステムです、結婚と言えば教会が主流ですが、最近では利便性から冒険者の方はこちらを選ぶ方も多いです。何かあった時の連絡や口座の管理も便利になりますよ」

静子さんは顔を真っ赤にしているし。もう既に嫁さんにしたつもりだから、けじめとしても良いかも知れないな。

要は前世でいう『籍を入れる』のと同じだ。

「静子さんさえよければ『ギルド婚』しない？」

「あの……本当にいいの？　かなり私は年上だし……これは正式な物なのよ。後悔しない？」

「後悔なんてしないよ！　先に好きになったのは俺だから」

「そうね、うん、私とギルド婚して下さい……これで私が正室だわ」

「喜んで」

あれっ、今なにか静子さんが変な事言った気がするけど、まぁいいか？

「おめでとうございます！　心から祝福します！！　それで登録料としまして銀貨二枚頂きます、それとお揃いのリングはいかがですか？　いま冒険者の間では流行《はや》りなんです。こちらはペアで金貨一枚です」

この受付嬢、商魂たくましいな。

静子さんが欲しそうにしているからよいか。

「それじゃリングも貰おうかな！」

「ありがとうございます。それじゃお互いに嵌《は》めてあげて下さいね」

おずおずとお互いに手を出し合ってリングを嵌めた。

簡単な魔法が掛かっているのか、リングを嵌めると丁度良いサイズに自動的に変わった。

「おめでとうございます。それではこちらの書類にサインをお願いします」

「それじゃ俺から書くね……はい」

「うふふっ、それじゃ今度は私ね」

お互いにサインをすると、『結婚』したんだ……そんな気持ちがこみ上げてきた。

ふと周りを見ると、酒場やカウンターで受付をしている冒険者が無言でこちらを見ている。

何故だ？

「もし宜《よろ》しければ、酒場で皆さんに奢《おご》ってあげてはいかがですか？　エール一杯奢る位で、皆さんから祝福して貰えますよ……ええと全部で銀貨五枚です！」

この受付嬢、本当に商売が上手いな。

静子さんが喜んでいるんだから断れないだろう。

いいやトコトンやってやる。

「みんな～！　俺はエール一杯なんてケチな事は言わない！　今日一日好きなだけ飲んでくれ、金貨五枚置いていくから……お姉さん頼むよ！」

「セレス様と静子様の結婚祝いで二人のおごりだよ～　今日は貸しきりだ！　祝ってやってあげて～」

「「「「「「「「「結婚おめでとう！」」」」」」」」」

「「「「「「「「「「幸せになれよ～この色男っ」」」」」」」」」」

「「「「「「「「「「静子さん、セレスさんいつまでも幸せに！」」」」」」」」」」

皆に祝福されながらギルドを後にした。

受付嬢に乗せられてしまったが、腕を絡《から》めている静子さんが嬉しそうだから……うん安い買い物だ。

◆◆◆

そうこうしてジムナ村に着いた。

静子さんはここに到着する少し前から笑顔に陰《かげ》りが出ている。

当たり前だ。ここには静子を売った、セクトールがいる。

着いてすぐ俺達は村長のナジム様に挨拶《あいさつ》に行った。

貴族が出てこない限り村長は王様に近い。

村という社会から出ない限り、その権力は絶大だ。

このジムナ村でもそれは同じ。

だからこそ一番最初に村長に挨拶。これが村社会では当たり前の事だ。

ちなみに村名にちなんだナジムという名前は、村長を受け継いだ者が代々名乗る風習である。

「お久しぶりですナジム様」

「お久しぶりですね」

静子さんと一緒に挨拶に行った。

「静子さん、あんた生きていたのかい？　セクトールからは死んだと聞いたのじゃが⁉　セレス、お前はゼクト達から離れていいのか？　……会えるのは嬉しいが、何かあったのかのう」

俺の両親が亡くなった後、孤児である俺を村の皆で育ててくれた。

親のいない子が売り飛ばされもしないで平和に生活が出来た。

それだけでもこの世界じゃ凄い事だ。これでこの村がいかに豊かであるかが分かると思う。

「静子さん、俺から話そうか？」

「いえ、よいわ、私から話すから……」

静子さんは、たんたんと自分の身に何が起きたのか話した。

強いな。

本当にそう思った。

静子さんの話を聞いたナジム様の目がさっきまでと変わり真剣な眼差《まなざ》しへと変わった。

「そうか、それは大変じゃったの……あの腐《くさ》れ外道《げどう》の犯罪者め。もしこの村におったら利き腕を斬り落として追放してやるのじゃが……残念な事にこの村にはおらんのじゃ」

妻や子供をお金のない……本当に困った時に売るのは、どこの村でも仕方がないで通る。

だが、お金に余裕がある状態で奴隷として売るのはほとんどの村では犯罪だ。

孤児になった俺ですら養ってくれるジムナ村では更に罪は重い。

「いったい、セクトールに何が起きたのですか？」

「大した事じゃない……あの馬鹿は税金を払わなかった。だから領主様に連れて行かれた。それだけじゃ」

それを聞いた静子さんは立ち尽くすと急に笑い出した。

「うふふふふっ、あははははっそうなりましたのね、ハァハァうふふふふっ」

「静子さんや、気を確かに」

「静子さん、大丈夫？」

静子さんは暫《しばら》く、いつもと違い正気を失ったように笑っていた。

だが、すぐに正気を取り戻した。

「もう大丈夫です、ハァハァ取り乱したりしてすみません。そうですか……一発くらい殴《なぐ》ってやろうと思いましたが、勝手にそれ以上の地獄に落ちたのですから……もういいわ。本当に見苦しい所をお見せしました」

「よいのじゃ、気持ちは分かるからのう……だが今は幸せじゃろう？　その年でそんな若いツバメを捕《つか》まえたのだからのう」

「ええっ怖いくらいに幸せですよ」

「そりゃそうじゃ、セレスもまぁ、凄いもんじゃな。子供の頃に言っていた事は『子供の戯《たわむ》れ』じゃなかったのじゃな。まさか本当に娶《めと》るとは思わなんだわい。ふあっははは、別の意味で勇者じゃな」

この世界に『姉さん女房』という言葉はない。

『男性が高齢で女性が若い』そういう夫婦や恋人は多く存在するが、逆に『女性が高齢で男性が若い』そういう夫婦や恋人はまずいない。三つ年上の女房を貰うだけで『そんな女を貰うなんて』と家族から反対が出るくらいだ。

「ナジム様、これを」

俺は金貨六十枚入った袋と金貨二十枚が入った袋をナジム様に渡した。

「これはすまぬな」

「勇者パーティからは離れましたが、皆様のおかげでこうして冒険者として生活をさせて貰っています。だから、これは俺からの感謝です」

「何を言うのじゃ。儂《わし》はお前を孫の様に思っておるよ。気など使う必要はないのじゃ。セクトールの去った後の家を自由に使うといい。ここはお前達の故郷じゃ。好きなだけいるとよいぞ、静子もな」

「ありがとうございます」

「うふっ、ありがとうございます」

「今は丁度忙しい時期じゃが、旅立つ時にはささやかな宴をしてやろう。今日はもう遅いから、家に帰って寛《くつろ》ぐがいい」

「重ね重ねありがとうございます」

「ナジム様、ありがとうございます」

「長旅で疲れておるのじゃろう？　ゆっくり休むがいい。もっとも、結婚したてじゃから、これからもっと疲れる事をするのかのう？　ふあっはははっ」

顔を赤くした静子さんの手を引きながら俺は村長の家を後にした。

◆◆◆

この世界の村社会は『同情はしてくれるが、人の成功は喜べない』ある意味妬《ねた》みの社会でもある。

例えば若者が商人になったとしよう。

失敗して帰ってきたら慰《なぐさ》めてくれる。

だが、成功して帰ってきて『村に何もしない』と確実に妬まれる。

だからこそ、付け届けが必要だ。

金貨六十枚は村のために用意した。

恐らくナジム村長が「村のためにセレスが寄付をしてくれたぞ」と皆に話し「流石《さすが》はセレスだぁ～」と皆が温かく迎えてくれる。

これで誰も静子さんと俺が結婚した事を咎めない。

恐らく、このお金を入れなければ。


「良い歳《とし》して若い子をたぶらかして恥ずかしい女」

「なんであんな婆《ばば》ぁと結婚しているの？」


などなど、凄く嫌な話が飛《と》び交《か》うことになる。

冒険者として成功しているからこそ、妬みには気を付けないといけない。

金貨二十枚は村長へのお金だ。

これで『孫のような自慢の子供』になる。

ほとんどの人が村から出ないで農民として暮らしているからこそ、そのプライドを傷つけたら大変な事になる。

もっとも『この村の人は子供の俺に凄く優しかった』。だから俺は帰る事があれば手土産《てみやげ》を用意しよう……常々そう思っていた。

セクトールが自滅してくれた事で実はホッとしている。

大切な静子さんを売り飛ばした事は許せないが、そんなクズでも気が向くと、子供の俺やゼクトを釣《つ》りに連れて行ってくれたりしていた。僅《わず》かだが良い思い出もある。

でもきっとセクトールはもう終わりだ。

税金を納めなかったのだから、鉱山に送られて期間限定だが奴隷にされるだろう。

恐らくは、年単位で働かされ、もし村に帰って来ても、もう居場所はない。

村人の税金が払えなければ、村長が立て替えてくれて時間を掛けて返す。

これが普通だ。

だが、それをしなかったという事は、セクトールは皆に嫌われたのだろう。

ゼクトが勇者になり大金を手にした。

それなのに、村に何も還元せず、自分で全部使ってしまった。

妬まれた状態で落ちぶれていったんだ。誰も助けるわけがない。

もうセクトールの人生は終わったんだ。

◆◆◆

「静子さん、これで落ち着いたかな？」

「ええっ、もう大丈夫よ、今が凄く幸せだしね。うふふふっ村長の言葉だけど若いツバメを捕まえちゃったんだもの」

「それを言うなら俺が静子さんを捕まえたんだよ。時間が随分かかったけどね」

「うふふっそうね」

「今日は久々にお風呂に入ってゆっくり出来るね」

「うふふっゆっくりでいいのかなぁ～、村長の言う『疲れる事』はしないでよいの？」

確かにここ暫く野営していたからご無沙汰《ぶさた》だ。

「それじゃ、今夜は眠らせてあげない」

「うふふっ、それじゃ私も眠らせてあげない」

久々にしたからか、二人とも燃え上がってしまい、気がついたら、朝になっていた。

◆◆◆

これでよかったんだ。

いくらセクトールが嫌な奴でも、思い出は俺にも静子さんにもある。

復讐なんてしたら……きっと二人ともこんな笑顔ではいられない。

うん、これでいい。

第三章 ◆ 姉さんとカズマ兄さん

「おはよう」

「おはようって、もうお昼過ぎよ」

「久しぶりだったから、ゴメン」

「別に悪くないわよ、この齢《とし》で女として求めて貰えるなんて凄く嬉しいもの。ただこの時間じゃもう皆、仕事しているわね。邪魔になるから挨拶《あいさつ》は夜になるわ」

確かに村の朝は早いからそうなるよな。

「そうだ。挨拶と昼食を兼《か》ねて、カズマに行かない？」

「そうね、ハルカにも逢《あ》いたいし。いいわ、行きましょう」

カズマとはこの村で唯一の食堂だ。

カズマの名前はオーナーの名前その物。

カズマはリダの父親で、母親のハルカと一緒に店をまわしている。

カズマは俺にとっては兄の様な人だった。ゼクトも俺も頭が上がらない。

凄いイケメンで食堂をやっているだけあって料理上手。

俺の前世の料理の再現も、カズマの店の手伝いをする代わりに手伝って貰った。

俺にとっては血こそ繋《つな》がってないけどカズマさんは兄さん、ハルカは姉さん……そんな風に思っている。

まぁハルカに無理やりそう呼ぶように言われていたんだけどね。

「ハルカ、ただいまぁ～」

「姉さんただいま～」

「あら、静子にセレスじゃない？　そういえば静子大変だったんだって」

「うふふ、まぁ少しね。だけどセレスくんに助けて貰ったから問題ないわ」

「へぇ～こいつでも役に立つんだ。セレスやったじゃない」

バシッ
「姉さん痛いっ」

姉さんは何故か俺の事を平手でバシバシ叩くんだよな。

「私みたいにか弱い女が叩いたって痛くないよ。全くもうセレスったら大げさなんだから、もう」

バシッ
「だから姉さん、痛いから背中叩かないで」

「あらあら、本当に姉弟みたいで妬《や》けちゃうわね……私の旦那《だんな》なのに」

「そうそう、セレスと結婚したんだって？　随分思い切ったわね」

「うふふふっ、セレスくんたら本当に私を愛してくれてね！　こんな、おばさんでもいいって言うからしちゃったわ」

「セレス良かったじゃない！　前から静子の事好きだったもんね！」

なんでか分からないけど、姉さんは昔からよくじゃれあいながら叩いてくるんだよな。

「だから、姉さん、痛いよ」

「ハルカ、セレスくんは貴方《あなた》の事も……」

「ハルカ、パスタが上がった……なんだ？　セレスに静子帰って来ていたのか？」

「カズマさんお久しぶりね」

「カズマ兄さんただいま！」

しかし、いつ見てもカズマ兄さんはイケメンだな。

歯がきらりと光るイケメン料理人。そんな風に見える。

俺の両親が亡くなった後『俺の事は親父《おやじ》や兄貴と思ってくれていいんだぞ』そう言ってくれた。

カズマが兄さんだから、必然的に当時カズマの彼女だったハルカの事を姉さんと呼ぶようになった。

但《ただ》し俺には凄く粗暴《そぼう》だ。

カズマ兄さんに言わせると、それが羨《うらや》ましいらしい。

姉さんにも、そして当然カズマ兄さんにも言えないが、俺は姉さんを好きだった時期がある。

カズマは兄さんみたいな存在で姉さんはその彼女。

しかもカズマ兄さんはゼクトと違いパチモンじゃない本当のイケメンなので、この思いは自分の心に押し込んだ。

今にして思えば、口に出してしまう事で、兄さんの様に思っているカズマと姉さんの様に思っているハルカを失いたくなくて自己完結で諦《あきら》めたのかも知れない。

二人はお似合いだしな。

「静子にセレス、今コーヒー入れてピザ焼いてやるから、ゆっくりしていけよ、俺は仕事があるからハルカの相手をしてやってくれ。頼むよ」

「カズマ兄さんごちそうになります」

「それじゃ俺は厨房《ちゅうぼう》に戻るな」

それだけ言うとカズマ兄さんは厨房に戻って行った。

◆◆◆

カズマでお昼を食べて自宅に戻って来ると。

「ねぇセレスくん、ハルカの事好きでしょう？」

静子さんに不意をつかれてしまった。

「そりゃ姉さんみたいなものだし、好きだよ」

「そういう事言っているんじゃないのよ？　姉弟という意味じゃなくて男と女という意味でよ？　うふふふっ違うかな？」

「子供の頃はね。多分静子さんが初恋の相手なら、姉さんはそうだな、好きになった二人目かな？」

「確かに、見た目ならハルカはセレスくんといてもおかしくない位には見えるもんね」

確かに姉さんは見た目が凄く若く見える。

リダの母親だから、二十代後半から三十代なのは間違いないのに、二十代前半にしか見えない。

姉さんは、ショートカットの亜麻色《あまいろ》の髪にヘアバンドをつけていて、スタイルも良く胸もお尻も大きくもなく小さくもない、綺麗《きれい》と可愛《かわい》いを両立させている。

服装も前世でいうTシャツにホットパンツモドキにエプロンだから余計《よけい》にそう見える。

「そうだね、確かに姉さんは若く……」

「うふふっ凄く若く見えるわよね」

何だか静子さんの笑顔が一瞬黒く見えたのは気のせいだろうか？

「だけど、静子さんも凄く若いと思うよ」

というか、その若い子が俺は駄目なんだが。それは言わない方がいいだろう。

ゼクト達とは無理やり話を合わせていたが、明らかに考え方にギャップを感じていた。

話していて煩《うるさ》いな。そう感じる時も多々あった。

「うふふっ。嬉しいわ、だけどハルカの事を好きなら行動を起こさなくていいの？　随分私の時と違いを感じるわ」

静子さんはなんとなくだが、心の中に昔から『俺の方が幸せに出来る』そんな気持ちがどこかにあった。

だが、姉さんは違う。

カズマ兄さんが良い人すぎて、どうにかしようという気持ちが起きなくなった。

俺が両親を亡くして孤独を感じ泣いていた時も、抱きしめてくれ一緒に泣いてくれた。

カズマ兄さんは転生者の孫だからか、俺の話もよく聞いてくれた。他にも小さい俺と魚とりをするなど、よく遊んでくれた。

姉さんとカズマ兄さんは何時《いつ》も一緒にいて、一人になった俺を励《はげ》ましてくれた。

俺が料理をしたいと言ったら喜んでくれて、厨房を貸してくれて、分からない事を沢山《たくさん》教えてくれた。

食材もこの世界と前の世界じゃかなり違う。

代替品の食材を考えてくれたのもカズマ兄さんだった。

そんなカズマ兄さんの嫁さんが姉さん。

好きになっても敵《かな》わない。そう思った。何よりカズマ兄さんは優しく、傍《そば》にいる姉さんはいつも笑顔だ。

だから、俺は二人の弟になる事にしたんだ。

息子でもよかったが……そう言ったら「姉さん」って呼べとハルカに言われてビンタされた。

二人は何時も仲が良く笑っていた。その輪に俺を招《まね》いてくれた。

そんな二人に割って入る……いくら俺でも出来ない。

カズマ兄さんも姉さんも俺には大切な家族同然になっていたから……。

「姉さんは確かに素敵だけど、カズマ兄さんがいるから諦《あきら》めた。もう兄姉弟の間柄だよ」

「セレスくん……あの時なら確かにそうだわ。でもね今なら恐らく事情は変わっているから、今でもハルカが好きなら、諦める事はないわ」

「そうはいっても姉さんの相手はカズマ兄さん、割り込む隙《すき》なんて全くないよ」

「そうかしら？　今ならきっとセレスくんにも、割り込むチャンスはあるわよ。うふふっ円満に話が進むチャンスがあると思うわ」

「静子さん、また冗談を……」

「うふふっ冗談じゃないのよ。だから今日の夜、セレスくんはハルカに夜這《よば》いを掛けなさい。少し寂《さび》しいけど今晩は我慢してあげるわ」

「夜這い？　そんな事俺は……」

「うふふふっ、夜這いはこの村に昔から伝わる伝統的風習よ？　セレスくんが思っている様な物じゃないわ」

「でも、夜這いは夜這いだよね？」

「そうね……だけど、ちゃんとしたルールがあって、その通りに行うなら問題ないのよ！　それにカズマさんも多分平気だと思うわ」

「え〜と」

「いいから、いいから……そうと決まったらこれから夜這いの練習よ！」

「皆に挨拶しなくちゃ不味いよ」

「それなら、私が妻として代わりに挨拶をしておくから大丈夫よ……そうね、今日はセレスくんが夜這いでいないわけだから私はミサキとサヨでも誘って飲み明かすとするわ。あの二人には結婚した事も報告したいしね」

「そう……だけど、夜這いなんてして本当にいいのかな？」

「ちゃんとルールに則《のっと》ってやれば問題ないわ……よい？　絶対にルールは守るのよ」

夜這いにルールがあるなんて知らなかった。

こうして俺は静子さんに言われるまま姉さんに夜這いを掛ける事になった。

◆◆◆

静子さんに夜這いの作法《さほう》を教わった。

確かにこれなら傷つける事はない……そう確信した俺は姉さんに夜這いを仕掛ける事にした。

「セレスくん、ちゃんと作法は守ってね……守らないと大変な事になるからね」

静子さんから念押しされた。

1．相手が二十四歳以上か未亡人である事
2．相手の布団《ふとん》の右横に正座して女性が起きるまで待つ事
3．女性を驚かせないため、女性から話し掛けてくるまで自分から話し掛けない事
4．受け入れてくれた女性に恥をかかせない事
5．受け入れられなければ、罵倒《ばとう》などせず速《すみ》やかに立ち去る事
6．断られたら諦める事

概《おおむ》ねこんな感じだ。

話で聞いていたのとは全然違い、かなりソフトなものだ。

それでも、見知らぬ男が枕元に立っていたら怖いだろうが、そこは村社会……知らない人はほとんどいない。

この夜這いだが、静子さんの話ではどういうわけか七割近く成功するらしい。

鍵はどうなのか？

そう思うかもしれないが、知らない者がほとんどいない村では鍵など掛けない。

ちなみに、ルールを破り無理やり等したら、村の若い衆に袋叩きにされ村から追い出される。

夜這いというのはちゃんとルールに則った恋愛の手段と言えるのかも知れない。


静子さんは仲の良い二人と久しぶりにお酒を飲むからと言って、挨拶に出掛けていった。

「まだ時間があるから俺も挨拶に行こうか？」

そう伝えたが、

「今から心を落ち着かせないと失敗するわよ。挨拶は任せてね。あと今日は帰ってこないから、セレスくんも頑張って」

他の女性に夜這いを掛けるのに静子さんに応援される……なんだか気恥ずかしい思いをしながら、俺は夜を待った。

◆◆◆

夜になった。
前世でいう二十三時位だ。村の朝は早いからこの位にはもう皆寝ている。
食堂カズマも明かりが消えていて、二人とも寝ているのが分かる。
裏側に回り、裏口から中に入った。
子供の頃、何回も遊びに来ていたから部屋の造りは分かる。
うん……待て。
俺の勘違いじゃなければ二人は一緒に寝てなかったか？
駄目じゃないか……そもそも夜這いが出来ない。
流石にカズマ兄さんと一緒に寝ている姉さんに夜這いなんて出来ないな。
ここまで来た以上、様子だけでも見ていくか。
そのまま廊下を歩き、二人が一緒に寝ていた部屋を覗いた。
カズマ兄さんが一人で寝ていた。
確か昔はここで二人一緒に寝ていたはずなのに、何で姉さんがいないんだ？
不思議に思いながら別の部屋を覗いていくと、二つ隣の部屋で姉さんが眠っていた。

「う〜ん」

熟睡している様なので、布団の右横にそっと膝を揃《そろ》えて座った。

起こさないのが男の誠意。

たとえ足が痺《しび》れようが起こさずに待たなくちゃいけない。

起きなければ何時間も正座を続けなくてはならないから、結構大変だ。

女性の所に無理やり押しかけるのだから、これで誠意を表すのだろう。

ほとんどの村では男女の数が釣り合わない事が多い。

例えば俺とゼクトとメル達の場合。男が二人に女が三人。女が一人余《あま》る。

この場合は別に困らない。あぶれた一人が他の村へでも嫁げば話は終わる。

大変なのは男の方が多い場合だ。

俺は孤児だから関係ないが、男は基本村から離れない。

農民なら田畑を耕《たがや》して生活、つまり土地持ちだから跡継ぎと嫁が必要になる。

商売人でも村で商売しているなら跡継ぎが必要になる。この村は裕福だから次男、三男であっても畑を分けて貰えるし、開拓《かいたく》出来る土地も多くある。

静子さんの話では、『男が余った時にどうにか出来ないか』と考えたあげく、旦那を亡くした未亡人と婚姻をさせたらどうか？　という事から出来た制度だそうだ。

更に時代が進み、未亡人だけじゃなく、子供を作り妻としての役目を終えた女性も含む様になった。

この世界は大昔の日本に近くて、人の寿命は五十年位。だからこそ二十歳《はたち》じゃもう年増扱いだ。だからこその制度かも知れない。

もっともこの制度は、多少の違いはあるが、多くの村にある。

ただ、行う人間は少ない。

俺からしたら勿体《もったい》ない話だが、この世界では二十四歳はもう完全におばさん。

こんな制度があってもほとんどの若者は使わない。

十代半ばの少年が好んで年上を選ぶケースはない。

見栄えこそ違うが。前世で言うなら二十代半ばの青年が四十～五十歳位の女性を相手にするのに近い感じだ。

いざ事に及《およ》んで、女性を罵倒《ばとう》する者がいたのかも知れない。

だから罵倒しない等の約束事が出来たのかも知れない。

今では、多くの親が子供に泣きつかれ畑を少し手放し、若い奴隷を買う。そちらを選ぶようだ。

そのため、制度として残ってはいるが今は行う人間があまりいないらしい。

まぁ静子さんから聞いた話だけどね。

◆◆◆

起きるまで正座。

これを我慢するのは案外辛《つら》いものがある。

姉さんはさっきから寝息を立てている。

前の世界のタンクトップに近いシャツにホットパンツに近いズボン姿だ。

寝苦しいからか毛布を足でどけている。

ブラジャーなんてもの、村にはないから形の良い胸がシャツの間からチラチラ見えるし、綺麗な長い脚も見えて凄くそそられるものがある。

（ハァハァ……ううっ）

別に興奮しているだけじゃない。

足が痺《しび》れて我慢が効かなくなってきた方が強い。

（ハァハァ、足が痺れて痛いな）

そう思っていたら、姉さんと目が合った。

「セレス……なにしているの？」

「姉さんこれは、その……」

「右側に座っている、その意味が分かっているの？　セレスの馬鹿────っ」

　バシッ
　いきなりビンタされた。

「姉さん、ちょっと待って」

「待たないわ、セレス、私を馬鹿にしているの？　ねぇねぇ!?　ふざけたじゃすまないのよ!!」

　ドカッ
　後頭部は流石に痛い……。

　まさか蹴られるとは思わなかった。

「ちょちょ、話を聞いて……落ち着いて」

「セレス、私は落ち着いているわ……なんでこんな事をしたか聞いているのよ！」

「姉さん、俺は姉さんが、好きっ……うげっ」

「セレス、それは姉弟としてよね？　そういう笑えない冗談は止《や》めなさい！　私だって傷つくわ……」

　またビンタされる……思わず目を瞑《つむ》ってしまった。

　姉さんは怒らせると怖い、すっかり忘れていた。

「ハルカ、何の騒ぎだ！　セレス大丈夫か！」

カズマ兄さんが起きてきてビンタをしようとした姉さんを抑《おさ》えてくれた。

ははは……終わった。

兄姉弟の関係ももう終わりだ。

◆◆◆

背中を丸め頰《ほお》を擦《さす》りながら二人の前で俺は正座をして話す事になった。

「それでセレスは何でこんな事をしたんだい？　まさかハルカをからかったわけじゃないんだろう？」

「セレス、これは流石に私でも傷つくわ！　どんなつもりでやったのかちゃんと説明して」

「カズマ兄さん、姉さん、俺は……」

言いかけた俺をカズマ兄さんが手で制する。

「最初に言っておく。お前の返答しだいじゃもう兄弟の関係も終わりだ、ハルカも、そうだろう？」

「当たり前じゃない！　カズマくんが来なければ殴っていたわ！」

もう既に殴られていた気もするけど。

完全に俺の横恋慕だ。

二人は凄く仲がよい……終わりだ。

だけど、ちゃんと説明位はするべきだろう。

「俺は姉さんが好きだった。でもカズマ兄さんがいたから諦めたんだ」

「セレスっあんたね……」

「悪いがハルカは少し黙っていてくれ！　そんな事で好きな女を諦められるものなのか？　ハルカへの思いはそんなものだったのか！」

そう言うとカズマ兄さんの顔は凄く真剣な顔に変わった。

姉さんが話しているのに遮《さえぎ》るなんて事は普段のカズマ兄さんなら絶対にしない。

こんな真剣なカズマ兄さんの顔を俺は厨房以外で見た事がない。

「それは違う……カズマ兄さんの傍《そば》にいる姉さんは幸せそうだった。だから諦めがついたんだ。姉さんは何時も幸せそうに笑っていたし、羨ましいくらいにお似合いだと思ったんだ」

カズマ兄さんの口元が少しだけ緩んだ気がした。

「そうか、まぁ俺もハルカもセレスと一緒にいるのは楽しいし、本当の兄弟だと思っていたよ。なぁハルカは確かに見た目は若いが、リダの母親だぞ……。姉さん、兄さんと呼ばせた俺達も悪いが、死んだお前の母親のミルナさんに近い歳なんだ。それでも、お前はハルカを愛せるのか？」

「愛に年齢は関係ない、姉さんがもし受け入れてくれるなら愛せる。だけどカズマ兄さんを不幸にしてまでは望まない」

「俺は関係ない！　今はお前のハルカへの思いを聞きたい！」

カズマ兄さんが真剣な顔で、まっすぐに俺の目を見て聞いてきた。

「俺は愛せます！」

「ハルカはこれから歳《とし》をとる、今はまだ若く見えるが、すぐに婆ぁだ。そんな歳をとったハルカをセレスは愛せるんだな‼　俺に約束出来るんだな⁉」

「約束出来ます！」

「ハルカ、セレスはこう言っているけど、お前はどう思う？」

「セレスに聞きたいんだけど？　なんで私なの？　私は小さい頃、貴方のオムツまで替えた事があるよ？　確かに好きだと言われた事はあるけど、それはセレスがまだチビの時だよね？　こんなの普通じゃないって思わないの？」

「なぁ、セレスが三十歳、今の俺の歳になった時にはハルカは四十代中盤だ。もうお婆《ばあ》ちゃんだ。それでも傍にいたい、愛している、そう言えるのか？」

「俺は……それでも姉さんを愛せる」

「ハルカ、だそうだ……どうする？」

「私もどうしていいかもう、分からない、カズマくん」

「それじゃ、俺からの提案だ。今この場でハルカを俺の前で抱いてくれないか……それでどうだ！　ハルカが欲しいなら出来るよな！」

「それで、認めて貰えるなら……良いよ、カズマ兄さん」

「ああっ、見せてみろ」

姉さんを見ると、驚いた表情をしていて、耳が真っ赤になっている。

もう後には引けないな。

◆◆◆

暗いまま、少し離れた所に、カズマ兄さんが座った状態で俺は姉さんを抱き寄せた。

「姉さん……凄く綺麗だよ……」

俺は姉さんの首に手をまわし、そのままキスをした。

「うぐっううん、ぷはぁ……セレスやめうぐっ……ハァハァ」

「姉さんは本当に綺麗だよ……」

本当に姉さんは若く見えるし、美人だ。

それだけじゃなく凄く俺に優しかった。

「何！　言っているのよ、馬鹿！　その手を離しなさい！」

「ごめん……止めたくない」

「本当に……馬鹿」

そう言いながらも姉さんの顔は真っ赤になっている。

目を逸《そ》らす姿が凄く可愛い。

俺は姉さんを更に強く引き寄せキスをしながら、手を太腿《ふともも》の内側に滑《すべ》りこませた。

「やめ……ンぐっ！　カズマくんの前なのよ！　止めなさい！」

「ゴメン姉さん……俺、姉さんを諦めきれない」

「馬鹿……本当に馬鹿……いつか必ず後悔するわ……絶対に！」

「しないよ……」

バシッ
「姉さん、痛い……ゴメン……嫌だった？」

「情けない顔しないの……嫌じゃないわ、少し落ち着きなさいね、本当に後悔しないのね⁉」

「後悔なんてしない」

「分かった……拒むのを止めるから……ほら、んぐっ」

姉さんが自分からキスをしてきた。

そのまま俺は姉さんのホットパンツと下着を手早く脱がした。

カズマ兄さんの目が気になるし、姉さんも凄く恥ずかしそうだから、上半身は脱がすのをやめた。

「いや、駄目、こんなの恥ずかしい……セレスちょっとダメダメダメ……ダメだって……もうあぁぁぁぁぁ――セレスダメ、駄目、カズマくんにカズマくんに見られてるのよ‼」

口ではそう言いながらも姉さんは俺を受け入れてくれた。

◆◆◆

行為が終わり周りを見るとカズマ兄さんはいなかった。

「セレス……本当に私を愛してくれるのよね？　こんな事されたら私はもう駄目……違うなんて言ったら！」

バシッ
「姉さん痛いよ」

「馬鹿、すぐに愛しているって言わないからよ」

「愛してるよ姉さん！」

「うん、宜《よろ》しい」

何だか様子が違う……どうしたんだ。

ドアが開きカズマ兄さんが部屋に入ってきて、こちらを見た。

「ハルカ、もう終わったのか？」

「カズマくん……うん」

「良かったたな」

どういう事だ？　理解が出来ない⁉

◆◆◆

「セレス、騙《だま》すような事をしてすまなかった、この通りだ」

いきなりカズマ兄さんに謝られた。

「カズマ兄さん、これはどういう事？」

「いや、試《ため》すような事をしてすまなかったな。元からセレスが望むならハルカは譲《ゆず》るつもりだったんだ」

「どういう事？　二人ともオシドリ夫婦みたいに仲が良かったと思っていたけど違うの？」

「それは間違ってないよ。カズマくんとは幼馴染《おさななじみ》だし、今だって仲は良いから」

「そうだな、多分この世界の男女では仲が良いと思う……ただセレスが思っているような感じとは違うな」

「確かに幼馴染だし、夫婦だからいつも一緒にいたけどさぁ……その、カズマくんとはもう十年以上レスなの」

「まぁ弟みたいなものだから言うが、セレスの兄さんを名乗った時にはもう、そういう関係じゃなかったんだ。うちはリダが生まれたからハルカは妻の役割も果たした。リダが勇者パーティになったから跡継ぎはいなくなったけど……もう一人子供が欲しいとは全く考えなかったんだ」

「そうね、リダを産んで、そこでほぼ恋愛は終わり。私は若く見えるけどもう……いいおばさんだからね。女としては終わりの歳なの。それなのにセレスは、もう驚いたわ」

「だから言っただろう？　セレスは今でもお前が好きだって」

「馬鹿……普通信じられないわよ！　こんな若い子が私を好きだなんて……」

「そうか？　五歳の時ですら、よくお前に抱き着いていただろう。正直、もう男の目をしていたよな……セレス」

「まぁ……恥ずかしいけど、カズマ兄さんの言う通りだよ」

「ほらな、こいつ俺が知っている限りでも十年はお前が好きなんだ。これで安心しただろう」

「うん」

「確かにハルカとは男女の関係はとっくに終わっている。だが大切な友人で幼馴染だ。だからこのまま生活していてもいい。そう思ったし、不幸にするような奴にはやらない。だが弟のように思っているセレスだからやるんだ」

「ありがとうございます」

「ハルカもも良いだろう？　お前相手にしっかり興奮してたじゃないか。安心してセレスの所にいけるだろう」

「セレス……本当に後悔しない？　私、貴方の死んだお母さんに近い歳だよ？　良いの……？」

「俺小さい頃から姉さん好きだもん」

「しかたないな、本当に重度のババコンに育っちゃったね……不束者《ふつつかもの》ですが宜しくお願いいたします」

「こちらこそ宜しくお願いいたします」

「しかし、セレス。静子といいハルカといい本当に昔から年上好きだよな……やはり小さい時に母親を亡くしたからかい？」

「そんな所かな、俺の目から見たら姉さんは凄く若くて綺麗だよ」

「馬鹿……本当にセレスは……もう」

バシッ
「痛い」

「あっゴメン」

「本当に凄いな、まさかこの後、サヨやミサキにも手を出すのか？」

「流石に二人いれば充分だよ！　確かに二人とも美人だけど、そんな沢山の妻は無理だからね」

「そうか……だがお前は凄いよ。適齢期をはるかに過ぎた女全員を美人だって言うんだからな」

「カーズーマーくん、最後にお話ししようか？」

「冗談だ」

「そう言えば静子は今日どうしているの？」

「静子さんなら、今日はサヨさんとミサキさんと飲むって言っていました」

「そうなの？　セレス……多分だけど、貴方のお嫁さんは四人になるかも知れない」

「おい、どうしてそうなるんだ？　セレスは二人で充分だって言っているだろう」

「昔の約束を思い出したのよ……まぁ分からないけどね」

「まさか、それはないでしょう？　それでカズマ兄さんはこれからどうするんですか？」

一人で食堂をまわすのは大変だろうな……。

「まぁハルカもいなくなった事だし、すぐにじゃないけど王都に行こうと思う、メイドに出来る若い奴隷でも買って、こじゃれたカフェでも経営するつもりだ」

「いいですね。ですが資金はあるんですか？」

「まぁ、少し心もとないがどうにかなるさ」

俺は収納袋から袋に入った金貨百枚を取り出した。

「カズマ兄さん、よかったらこれ使って」

「いや……これは受け取れない」

カズマ兄さんは袋の中身を確かめもせず、返してよこした。

「俺は弟みたいなものでしょう？　弟なら兄の夢の手伝いをするのは当たり前じゃないか」

「そうか……分かった受け取るよ」

「これで分かったでしょう。カズマくんは若い女の奴隷を買うみたい……私達の男と女の関係はもうとっくに終わっていたのよ」

「そうだね」

男女の関係は終わっていても『家族』としての関係は終わっていないはずだ。

カズマ兄さんからしたら娘を嫁に出す……それに近いつもりで姉さんを俺にくれたのかも知れない。

「カズマ兄さん、俺、姉さんを絶対に幸せにするよ」

「ああっ頑張れよ」

「はい！」

俺は姉さんの手をとり食堂カズマを後にした。

◆◆◆

「もう、嫌！　何で狩りやクエストが終わった後にこんな面倒くさい事しないとならないのよっ」

宿にいる時のメルはいつも癇癪《かんしゃく》を起こしていて機嫌が悪い。

「メル、そう言うなよ……他の仕事は免除しているだろう」

「だけど、ゼクト、これ凄くメンドクサイのよ。定期的にどこで何を買ったかとか、全部記載しなくちゃならないし、今後何をするのか予定まで書く必要があるの。よくセレスはこんなのやっていたわ、今なら素直に尊敬しちゃうわ」

そういうメルの目の下には隈《くま》が出来ていた。

頭を掻《か》きむしるその姿に、可愛らしい少女の面影は全くない。

「ごめん……それしか言えない……」

「私、こんなに苦労しているのに教会で、文字が汚いとか計画性がないって怒られるの。もう嫌だよ」

「だから……一緒に怒られてやっただろう！　それ以上の事は俺には出来ない」

「分かっているわよ……ハァ～仕方ないよね」

セレスがいた時はこんな事なかったのに。

俺は髪を掻きむしるメルを、ただ茫然《ぼうぜん》と見る事しか出来なかった。

◆◆◆

「悪いけど、今日の洗濯、変わって貰えないかな」

リダが思いつめたような顔で俺に言ってきた。

仕事の割り振りをしたが、料理が大変だ、洗濯が大変だと揉《も》める事になり、雑用はメルを除《のぞ》く三人で交代制にした。

「リダ、流石に俺は男だ。女性物の下着までは洗いたくはない」

「そうか……ゼクトは良いよな、聖剣は手入れなんかしなくても拭《ふ》くだけで良いんだから。だけど私の剣はちゃんと手入れしないとすぐに斬味《きれあじ》が落ちるんだ。この間なんてオーガの腕を斬れなくて危うく大惨事になりそうだっただろう？　また同じ思いをしたくないんだ」

確かに聖剣は女神からの加護があるから、手入れをしなくても斬味は変わらない。

ただ布で拭くだけで手入れは充分だ。

仕方ない俺からマリアに洗濯をリダと代《か》わるように頼むか。

「マリア、すまないが」

寝そべっていたマリアが、嫌そうな顔をして、俺の言葉をさえぎった。

「嫌よ！　ようやく一仕事が終わって休憩してた所なのよ。少ししたら、薬品の買い物に行ってご飯作るのよ！　何でもかんでも押し付けないでよ……この間だって……」

ああっもういい……。

「俺が悪かったよ！」

勇者にまでなって何で女物の下着を洗わないとならないんだよ。

認めるしかないな。セレスを追い出したのは俺の完全な判断ミスだ。

まさか思わないだろう……勇者パーティに一番必要なのが三職（聖女、賢者、剣聖）じゃなくてあいつだったなんてな。

「なぁ皆、セレスに戻ってきて貰おうか？」

今更ながら……あいつは俺達に必要な存在だった。

俺達勇者パーティは僅《わず》かな距離と日数とはいえ『戻る』という選択は本来してはいけない。

少しでも早く魔王城にたどり着いて魔王を倒す。それが役目だからな。

教会からまた文句が出そうだな。

普通ならパーティからも反対が出そうだが……。

「そうね、セレスがいないと困るわ、一度怒られるくらいで、この書類地獄が終わるなら、その方が良いよ……うん戻ってきて貰おうよ」

「ああっ、そうだなセレスの剣の手入れは絶品だ、私も賛成だ！」

「そうね……必要な買い出し……特に薬品の買い出しはセレスじゃないと任せられないわ……賛成」

そうだよな。それで多少評価を落としてでも、あいつを連れ戻さないと破滅だ。

「それじゃセレスを連れ戻そう」

決まりだ。

「それは良いが、何を対価に戻ってきて貰うの？」

対価だと？

「リダ……何を言っているんだ？」

「ゼクト？　忘れたのか？　私達は、この仕事を全部こなしてくれていたセレスをあんな酷《ひど》い言い方で切り捨てたんだよ」

「俺は……そんな酷い事した記憶はない……円満に離団したはずだ」

マリアは呆《あき》れたと言わんばかりの顔で言いだした。

「そうかしら？　メルはセレスからネックレスを貰っていたわ。そのネックレスを外してゼクトは自分が買ったネックレスに着けなおしていたわ。その状況で、酷い事まで言われて追放されたのよ。同じ事されたらゼクトは許せるの？　恨《うら》み事は言わないで去ったけど……相当セレスは傷ついたはずよ……ねぇメル、貴方相当セレスに良くして貰っていたわよね？」

「ううっ、それは……」

メルはそれだけ言うと目を伏せて話さない。

ああっそうだ……去る時のあいつの目は、今思えば凄く悲しそうだった。

俺が同じ立場だったら、きっと殴りかかるはずだ。

それなのに……あいつは最後まで文句も言わずに去っていったんだ。


『メル……俺は本当に必要ないんだな』

『…………』

『君の口から直接聞きたい』

『もう、貴方は要らないわ！』

『まぁ、ゼクトは良い奴だ、幸せになれよ！』

『し……知っていたの？』

『そんなの見ていれば分かるよ。他の男なら決闘だが、ゼクトなら諦めもつく』

『ごめんなさい！』

『気にするな』


あいつはどこまでも優しかった……！

そんなあいつに俺は……俺は何を言った……思い出せ！

『大人しく村に帰ってのんびりと田舎生活しながら、冒険者を続けるか、別の弱いパーティでも探すんだな』

そう言ったんだ……俺は……俺は……鬼か！

調子に乗りすぎだ……馬鹿だ。

親友の女を取り上げた挙句《あげく》追放した。

俺が逆の立場だったら絶対に納得なんてしないしキレるだろう。

それなのにあいつは……。

『気にするな！　今度会った時は、笑って話そうな……世話になったな。四人とも幸せに暮らせよ！』

そう言って去っていった。

悔しかっただろうな……辛《つら》かっただろうな……。

『今度会った時は、笑って話そうな』

あれは、流石《さすが》のあいつも『今は笑えない』そういう気持ちの裏返しだ。

笑えるわけがあるか……こんな理不尽な事されて。

俺は女癖が悪い……だがメルにだけは手を出してはいけなかった。

親友の女になんて手を出すべきじゃなかった。

俺は本当に駄目な奴だ。

「これじゃセレスは戻って来てくれない……私のためにネックレスまで買ってくれたのに、わざとゼクトのくれたネックレスに付け替えて、私凄く傷つけちゃったもの……どうしよう？こんなつもりじゃなかったのに……」

ここでも、あいつは大人だったんだ。俺がマリアやリダばかりを可愛がっていたから、寂しそうなメルの相手をしてくれていた。

メルは泣きそうな顔をしているが、あの時にこいつが俺に靡《なび》かなければ……違う。そんなに好きでもないのに、奪うような事をした。俺が悪い。

「いや、残酷な事を言うがメル、お前は分かってやっていたはずだよ。だが調子に乗っていたのは私も同じだよ。雑用を全部引き受けてくれていたのに剣の手入れまで、全て押し付けていたんだから」

「リダ……今更それを言っても仕方がない」

リダは下を見て目を伏せているが、今更だ。雑用で忙しいセレスは寝る間も惜《お》しんで夜にリダの剣の手入れをしていた。

「それは私も同罪ね、薬品から消耗品、その他、全ての買い出しに宿屋の手配までもセレスに押し付けていたんだから……私達はセレスにそれを償《つぐな》う何かを差し出さないと無理よ」

普段表情を余り変えないマリアが少しだけ俯《うつむ》いている気がした。

「そうだな……暫く考えるよ」
だが幼馴染の女を全員独占してセレスの気持ちを考えなかった俺が一番悪い。
「「「そうね（だな）」」」
セレスに差し出す対価……それは三人も分かっているはずだ。
あいつから奪ったのは女と居場所、最低限それを返さなくちゃ始まらない。
それじゃメルを返せばいいのか……ダメだ。
あそこまでセレスを傷つけた奴をセレスが受け入れるか。
俺なら無理だ……。
そうすると……リダかマリアだ。
ダメだ……二人はメルと違い……俺も愛しているんだ。
どうしていいのか俺には……分からない。

第四章　ヒロインとその夫達

セレスくんを送り出した後、私は一人で村へ挨拶《あいさつ》に出掛けた。

とはいえ、少し前まで住んでいたので簡単な事情説明だけ……後はセクトールの話をするくらい。

お金があるのに近所に振舞《ふるま》わなかったから元から嫌われているし、裕福なのに私を売った事情をも話したから、もう終わりね。

もし鉱山から帰って来ても村八分どころか、誰も相手にしない。

セクトールへの仕返しはこれで終わりで良いわ。

もし、私が不幸になっていたら、殺すくらいまで追い詰めたけど、今の私は幸せだから……

もう充分よ。

◆◆◆

挨拶回りを終えてミサキの家に集まって酒盛りを始めたわ。

サヨの家でも良いんだけど、あそこの旦那《だんな》は横柄《おうへい》だから邪魔が入るからこちらにしたのよね。

ミサキの旦那は気を利かせて友人と遊びに出掛けてくれたみたいね。

「静子《しずこ》、お久しぶり」

「今回は大変だったね」

「ええっ、だけど、うふふふっ、その後が幸せだから、そんなに大変に思わないわ」

「凄いわね～あのセレスちゃんと再婚したんでしょう？　羨《うらや》ましいわ」

「自分の子供みたいな、セレスさんを誑《たぶら》かすなんてね。凄い事するよね」

セレスを『セレスちゃん』と呼んでいるのがミサキ。

マリアの母親で、黒紫色の長い髪で、胸が大きくお尻も大きいわ。眼鏡《めがね》を掛けていて理知的に優しく見えるけど、キレたら……うふふっ性格が変わるわ。元は一緒のパーティにいて『黒の狂騎士』という字持《あざな》ちなのよ。騎士のジョブ持ちで、普段は大人しく優しいんだけど、キレたら……『狂』がつくから分かるよね。

セレスを『セレスさん』と呼んでいるのがサヨ。

メルの母親で長い茶髪で切れ長の目をしているわ。胸とお尻が大きく右目の下に泣きぼくろがあるのよ。真面目《まじめ》な性格をしているけどおっとりしていて、結構流されやすいのよ。同じパーティに一緒にいて字は『涙目の氷姫』。魔法使いのジョブ持ちで悲しそうな目と氷魔法が得意な事からついた字なの……本当に悲しんでいるんじゃなくてサヨっていつも薄幸《はっこう》そうに見えるのよね。

もっとも、二人とも猫を十四以上被《かぶ》っているから誰も本性は分からないけどね。

「静子、一人でブツブツ何を話しているのかな？」

「うふふっ、只《ただ》の独《ひと》り言《ごと》よ、ミサキ」

「そうかな、それならいいんだけど、セレスちゃんと静子がくっつくなんて、歳《とし》から言ったら信じられないよ」

「そうかしら？　セレスさんの性格からしたら普通だよ。あの子昔から年上好きだったもん」

「サヨ〜私だって、セレスちゃんが、大人の女性が好きそうだ、そのくらいは分かるよ、だけど私達は母親のミルナさんとほぼ同い年だよ。普通は、常識から考えて男女の関係にならないよ」

「そうかな？　セレスさんは昔から紳士だったよ？　私みたいなおばさんにも、焼き魚をくれたり、焼き芋をくれたりして優しかったわ。他の大人の男と比べても子供なのに優しかったと思うよ。流石《さすが》に五歳と二十歳《はたち》じゃ付き合えないけど『ああっこの子、私が好きなのね』そのくらいは分かっていたよ」

「だけど、それって子供の恋心だよ。『お母さん大好き』それと同じだよね」

「ミサキそれは違うよ。セレスさんは多分、そんなんじゃなくて、本気で好きになってくれていたよ。流石に歳の差を考えたら応《こた》えられなかったけど。だけど、ちゃんとまっすぐに好きになってくれているからこそ、私は思ったの、子供扱いしちゃ可哀《かわい》そうだなって……だから私は『セレスさん』って一人前の大人として扱ったのよ。他の子は呼び捨てだけどね」

「そうか、だからサヨは昔から『セレスさん』って呼んでいたのね」

「そういう静子だってそうでしょう？　『くん』なんて付けたのはセレスさんにだけだよね？」

「うふふっ、確かに特別な子だったわ……だけど私は男性とまでは思わなかったわ……気持ちは分かっていたけど、あの時の思いは理想の息子に近かったわね」

「理想の子供なら私も同じだよ。感謝の言葉もくれない、可愛《かわい》げのないマリアより、ずうっと可愛いし、よく手伝ってくれていたもの」

サヨが顔を赤くしながら私に聞いてきた。

「確かに子供としても良い子よね、セレスさんは……それで率直《そっちょく》に聞くけど、夫婦の営《いとな》みはどうなの？」

「サヨ……それはないよ、私達おばさんだよ、あんな若い子が、こんな体になんて興味ないって」

まぁ普通はそう思うわね。だけど違うのよ。

「うふふっ、信じられないかも知れないけどね……それが獣なのよ。朝まで離してくれないわ……本当に幸せだわ」

「「本当（ごくっ）」」

二人とも顔を赤くしながら乗り出して来たわね。

ミサキなんて眼鏡をせわしなくさわっているわね。

「こんな事で嘘ついてもしょうがないじゃない……」

「静子～私を騙《だま》そうとしていない？　いくらセレスさんでもそれはないよ」

「そうだよ……セレスちゃんでも、それはないな、私なんて旦那に『抱く価値がない』そう言われているんだから」

「そうよ……セレスさんが静子の体に夢中？　十年前ならともかく、今は無理があるわ。うちもミサキと一緒でもう十年以上レスだし、手を繋《つな》ごうとしたら気持ち悪いって言うんだよ？三十過ぎのじじいですら抱こうと思わないんだから……十五歳のピチピチしたセレスさんが、その気になるわけないよ」

普通は信じないわよね……若い美少年がおばさんに夢中なんて。

「それに、もしそうなら、普通はセレスちゃんを独り占《じ》めしたいから言わないはずよ」

「私は嘘はついていないわ、ただ『一人は四人のために、四人は一人のために』あの約束があるから報告しただけよ。信じなくてもそれは構わないわ。私が蕩《とろ》けるような生活を一人で送っていても報告はしたんだから、うふふっ文句は言えないわよね？」

私は襟元《えりもと》を少しめくり。セレスくんがつけたキスマークを見せた。

さっきまでと違い、二人して食い入るように見ているわね。

「サヨ、本当みたいだよ」

「ミサキ、分かるわよ……静子がわざわざ首筋のキスマークを見せてくるんだもん」

「だから襟つきの服着ていたのね。キスマークを隠すために」

「それで何かしら？　静子は自分が幸せだから自慢がしたいのかしら？　私が不幸せだから馬鹿にしたいのかな」

うふふふっ、食いついてきたわ。

「サヨ……静子は、そんな奴じゃないよ……そんな事したら私がキレるのを知っているから……」

「今日はね、セレスくんにはハルカの所に夜這《よば》いに行かせているのよ」

「夜這い？」

「本当に行かせているの？　なんで？　だけどあそこは円満じゃない？」

「貴方達も分かるでしょう？　カズマくんは優しいけど、多分女としてハルカを見ていないと思うのよ」

「それはそうかもね」

「だよね」

「でもセレスくんは本当に『私達を女として見てくれる』。だから貴方達、旦那と別れてくれないかしら」

『一緒にパーティを組まない？』あの時と同じように手を広げて提案した。

「それ本気？　別れたら……いいの？」

「別れたら……また女として愛して貰える。そんな期待をしていいの？」

「ええっ私としては、別れてセレスくんの妻に一緒になって欲しいのよ……どう？」

「冗談や嘘じゃないのよね……嘘だったら私……知らないよ、暴れるよ」

「セレスさんのお嫁さん……恥ずかしいけど楽しそう……。さっきの話、嘘じゃないのよね、今更冗談じゃすませないわ」

「嘘は言わないわ……その代わり、もし嘘じゃなくて、本当だったら『冒険者に戻って手を貸してくれる？』」

「『いいよ（わ）』」

「それじゃ嘘じゃない証拠を後で見せてあげるわ」

「本当に嘘じゃないんだよね」

「証拠なんて……なにを用意しているの……」

「うふふっ、今は内緒よ」

明け方になればね……うふふっ分かるわ。

◆◆◆

結局、ミサキもサヨもセレスくんの事で盛り上がり、酒盛りはお茶会に変わってしまった。二人とも、いえハルカも含んで三人ともそうなんだけど、ちゃんとした話になるとお酒は飲まなくなるのよね。

いい加減に見えて意外としっかりしているのよ。

「セレスさんは本当にそうなの？　もしそうだとしても私やミサキまで愛して貰えるとは思えないけど」

「セレスちゃんも、もう大人だし……本当にそうなら嬉しいし、今なら恥ずかしいけど受け入れられるよ……だけど信じられないわ」

「うふふっ、それは変わらないわ。小さい頃からの思いは何も変わっていないわよ……今でも凄く良い子だし、優しいわ」

「それで、なんで、私達もなの？　静子にハルカ、その二人で充分だと思うし……セレスさんがハーレムが欲しいって言っていたわけじゃないんでしょう」

「セレスちゃんの性格からして言わないと思うな。どうして静子は私達に声を掛けたのか……まさか大昔の誓《ちか》いだからとか言わないわよね」

「そうね……私は……息子に怒っているのよ……私達が言ったから、セレスくんはあの四人についていってくれた。家事も雑用も何も言わずに全部引き受けて、お金まで自分で調達してついていてくれたのよ」

「「そうなの？」」

私はゼクト達がセレスくんに何をしたのか話した。

二人とも目つきと顔色が変わったわ。

気のせいか後ろから黒い霧の様な物が見えるわね。

「そう……マリアがそんな事してたのね。私がセレスちゃんに娘を頼んだから……苦労させせちゃったんだ」

「あらあら、メルはそんな事していたのね……。親子だから命までは取らないけど、お仕置きが必要よね……どうしてやろうかな？」

親友だからよく分かるわ。物凄く怒っているわね。

これならきっと私の提案に乗ってくれるはず。

「それでね、私なりにどうするか考えたの。その一つが私達がセレスくんと結婚してこの村からいなくなる事……そうしたらあの子達の居場所はこの村にはなくなるわね。私達がいなくなれば、帰って来ても楽しく過ごせないと思わない？」

「ふふっそうだね、私がいなくなれば、うちの旦那は奴隷《どれい》でも買って後添《のちぞ》いにしそうだもん。

確かにマリアの居場所はそこにはないわね」

「私の所も同じだわ、メルの居場所は間違いなくなくなるわね」

「ゼクト達への罰《ばつ》の一つは故郷を亡くすことなの。これで勇者として凱旋《がいせん》しても実家に居場所はないわ、帰ってきたら驚くわ。ぁ、あの子の事だから、それでも平気でいそうだけどね」

「そうね、驚くかも知れないけど、堪《こた》えない気がする」

「そうね、右に同じ」

ここからが本題……。

「うふふふっ、それだけじゃないの。もし追い出されたセレスくんが、本当は強くて勇者以上の活躍をしたらどうかな？」

「まさか、セレスちゃんに活躍させる……そういう事なのね」

「セレスさんが勇者パーティ以上の活躍をする？　確かにあの子達の面目は丸潰れになるわ……だけど、出来るかしら？　私達も流石にロートルよ」

「うふふっ、随分弱気なのね『涙目の氷姫』ともあろうサヨが。『私の前では全てが凍りつく』とか言ってくれないの？」

「あれは、流石に若気の至《いた》りです……恥ずかしくて言えないわ……だけど面白そう……やってみてもいいわ」

「そう。ミサキは言わないの『黒の狂騎士』に怖い物などない。魔族なんてなます斬りに」

「やめて!!　あれは若気の至りだから……だけど、それでセレスちゃんのためになるんなら良いかもね」

「それじゃ二人とも『愛のない家庭』は捨てて、私やセレスくんと愛のあるパーティを作る。これで良いわね」

「分かったよ……ちゃんとセレスちゃんが筋を通しに来てくれるんだよね」

「分かったわ……セレスくんが迎えに来てくれるんだよね」

「そうよ。あっそろそろいいかな。出かけるわよ」

「「どこに？」」

「うふふっ、証拠を見せる、約束したわよね」

◆◆◆

「ここって静子の家だよね」

「静子の家にこんな時間に来て、どうかしたの？」

「しっ静かにして、ここからは喋《しゃべ》らないで」

「「分かった（よ）（わ）」」

うんうん、セレスくん以外の女物の靴もある。という事はハルカとは上手くいったのね。

「本当に、本当に静かに歩いてね……」

「静子……まさか」

「ちょっと趣味悪いわよ」

「良いから、良いから……その目で見ないと安心出来ないんでしょう。ドアを開けるわよ……えっセレスくんにハルカぁ？　あら！」

静かにドアを開けると、ベッドに座っている二人と目が合ったわ。

あれ？　今頃はてっきり、まだ二人で仲良く抱き合って眠っているかと思っていたのに。残念。

「おかえりなさい。静子さん、それにいらっしゃい、サヨさんにミサキさん！」

「ねぇ、セレス。言った通りだったでしょう？」

「だけど、本当に来るとは思わなかったよ」

「何で起きているのよ！」

「静子、私だって一緒のパーティだったんだよ。そのくらいは読めるよ」

「そうね、流石は『笑顔の切り裂き魔』、その恐るべき勘は健在なのね」

「違うわ……その字を私が嫌いなの知っているよね」

「切り裂き魔……姉さんが？」

「セレス！　違うから、これは……そう誤解、誤解よ」

「静子、折角二人で楽しんでいたんだから邪魔しちゃ悪いわよ。セレスさんも男の子ね……うんうん、安心安心」

「ハルカがいけるなら私も充分いけるわね……セレスちゃん……大人になって私も嬉しいわ」

「皆、勘《かん》ぐっている所悪いけど……もう、そういう行為は終わって、セレスとかたづけていた所だから。残念ね」

「あらっ『そういう行為』ってなにかしら？　ハルカ教えてくれない？」

「それは……」

「ミサキ、サヨ。もう止めてあげて。それでね、セレスくんは無事にハルカと結ばれたのよね」

「……ゴメン」

「別に怒ってないわ、仕向けたのは私だしね、よかったわね。それでね、セレスくん、いきなりだけど、サヨとミサキも貰ってくれない？」

「ねぇ、セレス私の言った通りになったでしょう？」

「静子さん、姉さん……それにサヨさんにミサキさん……流石に頭がついていかないよ。嬉しい事は嬉しい事だけど、詳しく説明してくれるかな」

「夜は長いからね、説明してあげる」

私はセレスくんに、自分の計画について話し始めた。

◆◆◆

静子さんから話を聞いた。

弱ったな……。

俺はそこまで。ゼクト達を恨んではいない。

確かにパーティを追い出されたのは腹が立つが、それは『解放』に近い。

肩の荷が下りた、その程度しか考えてなかった。

一緒にいた時は体が大変だったし腹も立った。

だが、その程度の事なんだ。復讐なんて考えてない。

この世界には労働基準法はないのだから……。

この世界で商人を目指すなら同じくらい大変だろうし、職人になるなら見習いは給料も悪く厳しい。コックも怒鳴《どな》られながら仕事を覚える。

そんな世界なのだから、ゼクト達程度の事は大した事じゃない。

そもそも、マリアもリダもメルも異性として好きなわけじゃない。

抱けるか？

そう言われたら……きっと抱けない。

彼らに対する愛は恋人や夫婦の愛じゃなく、友情や家族の愛に近い。

俺の立場は、『子供のお守《も》りを頼まれたからしていただけ』『子守りしている子供にもう要らないからと言われ辞めた』にすぎない。

それだけだ。

傍《はた》から見たら可哀そうに思えるかも知れないが、俺の内情はそんなものだ。

「静子さんの気持ちは凄く嬉しいけど、そこまでしないでいいよ」

「セレスくん、悔《くや》しくないの？」

「確かに少しは悔しいけど、仕返しするほどは悔しくないな」

「セレスくんは優しいからそうは言ってくれるけど、ゼクトのしたことは良くない事だよ、よく考えて」

考えれば、考えるほど、俺にはどうでも良い。

いや、寧《むし》ろ勇者パーティに所属したから複数婚が許される権利が貰えているので、悪い事ばかりじゃない。

「よく考えたよ。……あまり、いやほとんど恨みはないな」

「セレス、遠慮しないでいいよ」

「セレスさん、本当に気を使ってない？」

「セレスちゃん……本当にいいの？」

「だってさぁ、気がつかない？　俺の女性の好みは静子さんに姉さん、ミサキさんにサヨさんみたいな包容力があって優しく、綺麗《きれい》な女性なんだ……あの中にはいないよ」

「「「セレス（くん）（さん）（ちゃん）」」」

「精々こき使われて追い出された、それだけだよ。これは結果論だけど、その分の報酬はもう貰っているよ。ゼクトのパーティにいなければ『複数婚』の権利は貰えなかった。今こうして静子さんだけじゃなくて皆を妻になんて出来ない。そう考えたら恨み切れないよ」

「「「セレス（くん）（さん）（ちゃん）」」」

「確かに嫌な事もあったけど、それがあるから幸せになれる。それでいいんじゃないかな？」

これで良いはずだよな。

「セレスくんは優しいからそう言ってくれるけど……悪い子には叱《しか》るのも大事だよ」

「セレス、セレスが許しても、私はリダを許せない」

何でだ？

「セレスさん、メルがした事は最低の事だわ……母として絶対に許せないわ」

「セレスちゃん、許しちゃ駄目だよ」

駄目だ……俺が許しても四人が許してくれない。

仕方ないな。

「そんなに言うなら罰は与えるけど。そこまではやはり、やりすぎだと思う。少し考えさせて欲しい」

関わらなければそれだけでいい。そう思っていたのに、それではすませてくれないらしい。

何か良い方法を考えないと。

結局、この話は一旦保留にして貰い、先にミサキさんとサヨさんの問題をかたづける事にした。

第五章　親父たち

「セレス、よう来たな」

俺は今、カイトさんの所に来ている。

これから俺はカイトさんに頼んでサヨさんを貰わなくちゃならない。

カズマ兄さんと違いカイトさんは筋肉がついた厳《いか》つい親父《おやじ》。

そして暴れ者だ……緊張しない方がおかしい。

「何をしている！　さっさと座れ！　馬鹿もんが」

「はい……」

俺は言われるままに座った。

おかしいな。

歓迎されない。そう思っていたが目の前にはごちそうが並んでいた。

「まずは、酒だ！　どうだ、飲めるようにはなったんか！」

「はい、少しは」

「そうか、それじゃ儂《わし》がついでやろう、そら！」

「ありがとうございます！」

酌《しゃく》までされてしまった。

もちろん、俺もお返しで酌をした。

カイトさんの年齢はサヨさんより年上でおおよそだが三十歳半ばだ。

自分の事を儂と呼んでいる事からも分かると思う。

昔は丸太のようなゴツい手をしていたが、随分《ずいぶん》と細くなった気がする。

「ガキだったお前も随分立派になったもんだ、一人前の男の顔をしておるな」

「お陰様《かげさま》で、ここまでになれました」

親を失っても家を取り上げない。食料を分けてくれて、生活に必要な物も分けてくれた。

この村は弱い者には優しい。

村によくある、成功者への妬《ねた》みはあるが……ここまで弱者に優しい村はこの世界では他にないと思う。

多分、俺が隣の村に生まれていたら、恐らくは奴隷《どれい》として売られるか、孤児として追い出されたはずだ。

「感謝などはする必要はないわい。儂らは畑仕事や家畜の世話しか教えておりゃせんわ。お前の冒険者技術は自分で身に付けたもんじゃ」

「それは違う……冒険者がこの村に立ち寄ると……このガキに何か教えてやってくれと、カイトさんを始め皆が言ってくれたからです」

「そうか？　そんな事もあったかのう……もう忘れたわい」

「そればかりじゃない、古い七輪や家具だってカイトさんがくれた……」

「何言っておるんじゃ、ガキが困っておるんじゃ、村の者が助ける、当たり前じゃよ」

「それでも、俺は感謝して……」

「おうおう、本当にお前は儂を困らせてばかりじゃ。こんな厳つい親父に懐《なつ》く子はお前ぐらいじゃ」

「厳ついなんて思わない……竹トンボや竹馬も作ってくれたし、まるで親父みたいでしたよ」

「実の娘すら嫌う頑固親父じゃ。それでもしつこく懐くんじゃ仕方なか」

俺は本当に懐いていたんじゃない。

孤児になった俺にはそういう生き方しか出来なかっただけだ。

幸い、俺には虫食いだが前世の記憶もあった。だからこそあざとく生きてきただけだ。

前の世界の上司に比べれば頑固親父も可愛《かわい》いものだった。

心がチクリと痛んだ。

「俺にとっては村の人は親父であり母親ですから」

「お前は昔からそれだな……お前が今日来た理由はもう分かっておる。サヨだろう？」

「はい」

流石《さすが》に殴られる事くらいは覚悟するべきだ。

「何、目を瞑っているんじゃや。サヨが欲しいならやる。本当にお前は……お古ばかり欲しがるな」

確かに俺は新品の物は買った記憶がない。

だが、これは違うだろう。

「そんな事は……」

「まぁ良い。サヨは儂に良い思い出はないじゃろう、儂の嫁に来て、うちは親父が死に掛けとはいえ健在じゃった。儂の親父に『女子《おなご》など産みよって、立派な跡継ぎを産まんかい』とよく怒鳴られていた。結局、男を産めなかったサヨには辛い毎日だったはずだ。親父が亡くなってからはそれなりに接したが……もう手遅れ。男と女には成《な》れなかった。仕方ない事だ。散々、親父と一緒に辛気臭《しんきくさ》いと罵《ののし》っていたんだからな。再構築など出来ない。当たり前だ」

「確かに、子供の俺から見てもサヨさん、辛そうに見えましたね」

だが、カイトさんは今思えば口が悪いだけで暴力を振るっている姿は見ていない。

どうしてよいか分からなかった……それだけの様な気がする。

「ああっ、俺にはもうどうする事も、最早《もはや》出来ぬ……ガキの頃からサヨを追いかけていたお前なら良い……くれてやる。連れて行っていいぞ」

「すみません……」

俺は謝って、お金を取り出そうとしたが——。

「そんな物は要らない。メルの支度金で潤《うるお》っておるからな。謝る必要もない。お前には本当はメルをやりたかったが、それはもう出来ない。だから、娘の代わりに嫁をやる。まぁ後は頑張れ……サヨ、もう入ってきてよいぞ」

扉を開けてサヨさんが入ってきた。

「貴方……ごめんなさい……」

「サヨ、お前が何故謝る、儂が親父から庇《かば》えず、それどころか一緒にお前を責めた……謝るのは儂じゃ」

「それでカイトさんはこれからどうするんですか？」

「儂？　儂は辛気臭いババアがいなくなったから、若い後添《のちぞ》いでも買いに行くわい、金は沢山《たくさん》あるし、若い女奴隷をな、わははははっ」

「貴方……ちょっとお話が……あるわ」

サヨさんの顔が黒くなって温度が下がった気がする。

「サヨ……お前はもうセレスのもんじゃ、儂の妻でない……よって文句など言えんよ」

「うぐぐっ……そうね、最後に一言言わせてもらうわね」

「なんじゃ」

「大嫌い――――っ」

「儂もババアなんか好きじゃないわ」

明らかにおかしすぎる。

俺やサヨさんに気を使わせない演技じゃないのか……？

（幸せにします）

そう心に思い、俺はカイトさんの家を後に……。

「その辛気臭い顔は本当に萎《な》えるわ、ほらセレス、サヨはやったんだ……ほれっさっさとと引き取れ、辛気臭くてかなわん」

「嫌い、嫌い、嫌いーっ大嫌いっ！」

本当に演技だよな？

◆◆◆

カイトさんの家の前でサヨさんと別れた。

今夜からサヨさんは静子さんの家で暮らす。

それは姉さんも一緒だ。

今度はミサキさんの旦那であるシュートさんの所だ。

カイトさんの所とは違った意味で緊張する。

シュートさんの家はこの村では数少ない農家ではない家だ。

この村の生活用品を一手に扱う雑貨屋兼食材屋。前世でいう小さなコンビニみたいな感じのお店をやっている。

勿論、二十四時間営業ではなく夕方ぐらいで閉まるんだが、そこは村仕様。扉を叩けば夜中でも譲ってくれる。

シュートさんはカイトさんとは真逆で理知的な感じの人間だ。

「久しぶりだな、セレスくん」

「お久しぶりですシュートさん、ご無沙汰しています」

「堅苦しいなぁ、君は。数少ない、知り合いじゃないか？　もう酒を飲める年齢なんだろう？　一緒に飲もう？　なぁ」

お説教を食らう覚悟はしていた。

だが、ここでも歓迎されるとは思わなかった。

「そうですね、飲みますか」

シュートさんはこの村では珍しくハイカラな人だ。

カズマ兄さんに近い感じだが、村人からは人気がない。

その理由は他の村人曰《いわ》く『理屈っぽい』からだ。

村では成功者や頭の良い人間を嫌う。

カズマ兄さんは頭が良いが、『そんなの俺は分からないよ』とわざと相手に花を持たせる。

そういう配慮が必要だ……その謙虚さを持たなければ、村社会は牙を剝《む》いてくる。

もっとも、シュートさんは嫌われていても、そこまで酷い事にはならない。

何故なら余所者《よそもの》ではなく身内だからだ。代々村で生活している一員。

その積み重ねで、守られているからこそ『理屈っぽい奴』ですむ。

「セレスくんとは何時《いつ》か飲みたかったんだ、とっておきがあるんだよ」

「ブランデーですか？」

高級酒だ。

「流石はセレスくん、よく分かるじゃないか？　この村でこいつが分かるのは君以外じゃカズマ位だ。本当に君は良いな」

理屈っぽい、変わり者、そうシュートさんは言われるが……頭が本当に良いだけだ。

「しかし、本当にシュートさんはハイカラですね。昔から珍しい物や高級品を見せてくれますね」

「君は昔から、本当に子供かと思えるほど凄いなぁ～。一緒に話していて疲れない……数少ない人間だよ」

シュートさんには、文字と数学を中心に教えて貰った。

いかに転生者とはいえ最初は記憶が虫食いだから、一つ一つ思い出す必要があった。

それをシュートさんが『僕の知識を凄い勢いで吸収する』と高く評価してくれて仲良くなった。

この村では読み書きが出来る人間すら少ないからか、そこから気に入られて仲良くなった。

「シュートさんには色々と勉強させて貰いましたから」

「そうだな、君が勉強家だから、つい君にばかり構ってしまったよ。まさか五歳の子供が完璧に読み書きが出来るようになるんだから、驚かされるばかりだ。おかげで君に店番を頼んで、本も読めたしね。僕は本が好きだから、その邪魔をしないで手伝ってくれる君をえこひいきしてしまうのは仕方ないだろう？」

この人は生まれてくる場所や世界を間違えたのだと思う。

もし前の世界に生まれたなら研究者に、この世界だって王都で生まれたならきっと……学者として成功したに違いない。

「文字も教えて貰いましたし、貴重な本も貸して貰いましたね」

「その代わり、店番もさせたし、品出しもさせた。ギブ＆テイク。うんうん、問題ない。それより飲みなよ。これ美味《うま》いよ」

「いただきます」

しばらく、ブランデーを片手に色々と話した。

そのほとんどが昔読んだ物語の話やちょっとした数学の話や……俺の旅の話だ。

俺が話してシュートさんも話す。

年齢は違うが、話していて楽しい。

やはりそうだ。俺は転生者だ。それがシュートさんやカズマ兄さんと話すと思い知らされる。

ゼクトやマリアだって子供としてなら優秀だ。

だが、どうしても子供にしか思えないし、話を楽しめない。

完全に分かってしまった。

「僕は君やカズマと話すと楽しい。他の人間と話しても余《あま》り楽しいと思えない。君も同じだろう？　ゼクトやマリアと話している時、凄くつまらなそうな顔をしていたよ？　どうだい？」

否定が出来ない。

俺はゼクトやリダ、マリア、メルと一緒の旅の中で、怒る事がなかった。

『子供だから仕方がない』『ガキがやっている事だ、大目に見よう』多分そう思っていたんだ。

水浴びをしている三人をゼクトはこっそり覗《のぞ》こうと言った。

だが、俺は断った。そこまでして見たいと思わなかった。

そうか……俺にとって完全にあいつらは子供だったんだな。

シュートさんに確かに近いな。

「そうですね、確かに俺はゼクトと遊ぶよりもシュートさんやカズマ兄さんと話している時の方が楽しかった気がします」

「そうだろう？　僕はね、親としても夫としても不適合者なんだ。一応体裁《ていさい》は繕《つくろ》っていたが、実の娘のマリアですら怪物に思えてしまう。本当に煩《うるさ》くて子供の頃は嫌いだったよ」

「普通に親として頑張っている姿しか俺は知りませんよ？」

ちゃんと、可愛《かわい》がっていた気がするけど。

「果たしてそうだろうか？　僕は君にしか店番や品出しを頼んだ事はない。多分、家族も含め、他の人間を余り信頼してないのかもしれないね」

これは、どう答えたら良いのだろう。

「…………」

「ははは流石にこんな事を話されても困るよな。今日来た要件は分かっているよ。ミサキの件だろう？　僕は構わない、貰ってやってくれ」

「良いんですか？」

「ああっ、さっき話しただろう？　僕は『夫』としても不適合者なんだ」

不適合者？

どういう事だ？

「そうは思えませんが……」

「君にだから言うが、僕はもうミサキを愛していない。ミサキがマリアを産んだ。多分その時がピークで徐々《じょじょ》に愛情は冷めていき、今は家の中じゃほとんど喋《しゃべ》らないんだ。君が貰ってくれるならそれが良い。君は昔から、ミサキが好きだったからね」

「ばれていたんですか？」

「あははっ、ばれないとでも思っていたか？　君がチビの時にミサキが君達を水浴びさせた時があるだろう？　君、顔が真《ま》っ赤《か》だったよ？　あんな顔マリア達にはしないよね。少なくとも僕とカズマはね、君がババコンだって事は子供の時から知っていたよ」

「なんだかすいません」

「まさか、この齢まで、拗《こじ》らせ続けるとは思っていなかったけどね。君は子供の頃に母親を亡くした、そういう少年が母親みたいな女性に恋焦《こいこ》がれる事は……変態じゃない。よくある事だよ。気にしないでいいんだ。きっと変異種のマザコンでありババコンだ。君ならきっとミサキを幸せに出来る……そうだろう」

「はい」

気がつくとミサキさんが傍《そば》に立っていた。

「それじゃ頼んだよ……ミサキもこれで良いだろう？」

「そうね……今まで、ありがとう」

「こちらこそありがとう」

「それでこれから、シュートさんはどうするんですか？」

「僕かい？　よくぞ聞いてくれたね！　僕はね奴隷を買いに行くんだ。面白味のないミサキを君が引き取ってくれたし、頭がお花畑のマリアもいないしね。頭が良くて勉強が出来る可愛い子を買うんだ。そうしたら会話に困らない。高級な奴隷には知識豊富な子もいるはずだ。君みたいに……賢い……えっ⁉」

「面白味がなくて悪かったわね……シュート、ちょっとお星さまでも見ようか？」

「ミサキ……君はもう僕の妻じゃない。だから僕を殴る権利はないはずだ。セレスくん、早く引き取って⁉」

「ミサキさん、帰ろうか」

「そうね、セレスちゃん。まぁもう良いわ」

シュートさんはきっと俺が気まずい思いをしない様に言ってくれたんだな。

そうじゃなければ、あの理知的なシュートさんがこんな馬鹿な事は言わないだろう。

(ありがとうございます)

心の中で感謝をし俺はシュートさんの店を後にした。

「さぁ、好きな本を好きなだけ読むぞー‼」

これも……俺のため？　だよな……？

◆◆◆

話してみたら、あっさりと三人とも別れてくれた。

感覚は村社会だから少しおかしいが……自分が悪者になってくれたり、多分良い人達だった。

やはり、この村の人は優しい人が多い。

「セレス、どうしたの？　なにか複雑そうな顔して……相談に乗るよ？」

「セレスくん……また何か考えているの？」

「いや、ここしばらく怒濤《どとう》の日々を過ごしたけど……蓋《ふた》をあけてみれば皆良い人ばかりだったな……そう思って」

静子さんをのぞく三人の顔が少し曇った気がした。

「セレスには申し訳ないけど、私はもうカズマくんに未練はない。セレス、私は円満に別れたかったから、口出ししなかったし、セレスが『カズマ兄さん』と慕《した》うから言わなかったけど、カズマくんはクズマと呼びたいくらいよ、見損《みそこ》なったわ……あの馬鹿。ビンタしたいくらいのクズだよ」

「セレスさん。騙されちゃだめ。あの馬鹿かなり男気ぶって話していているけど……暴言を吐く馬鹿だし、さっさと別れたいから、話を合わせたけど……ゴミよ。騙されちゃダメだから」

「セレスちゃん、あの人は、育児放棄のクズ人間よ。まぁセレスちゃんが好きなのは本当だけど……ボッチだから『尊敬してくれた』セレスちゃんに少し優しいだけのクズなのよ」

「そうかな？　わざと悪役ぶってくれた気がするよ？　それに皆、お金も貰わなかったし素晴らしいとしか思えないけど？」

「セレス、これカズマくんから取り返してきたわ。謝って返してくれたわよ！」

「姉さん、そのお金は、俺がカズマ兄さんにあげた物だから、そんな事しないで良いんだ！」

「馬鹿ッ」

バシッ
「姉さん？」

「セレス……優しくて貴方《あなた》は素敵よ！　姉としてもその……妻としても誇りに思うわ。あの時は貴方と一緒になりたいから口出ししなかったけど、カズマくんにお金なんてあげる必要はないわ」

「セレスさん、うちの馬鹿に感謝なんて要らないのよ？　男気なんて皆無《かいむ》だからね」

「セレスちゃん……うちも同じだから、自己中男に、感謝なんて絶対要らないから」

何でここまで、言うんだよ。

「だけど……カズマ兄さんがお金を俺に返してきたなら、誰もお金を受け取らなかった。そういう事じゃないのかな」

「セレスくん。もし、あの三人が仮に良い人だとしようか？　それなら何故、セレスくんはお金を貰ってないの？」

「静子さん、それは俺が皆を貰う方だから、お金を出すのが当たり前だよ」

「セレスの馬鹿！　よく考えなさい！」

　バシッ
「姉さん、痛いよ……普通貰う方がお金を払うと思うけど……」

「セレスさん……メルが賢者になった時に沢山の支度金を貰ったのよ。勇者パーティの家族が国からお金が貰えた事は静子から聞いたんじゃないの？」

　そう言えば言っていた。そのお金を食いつぶしてセクトールは破滅したんだ。

「確かに聞いたよ。だけど、それはこの話と関係なくないか」

「セレスちゃん。そのお金は一人が貰ったんじゃない、家族で貰ったのよ。私達の場合は夫婦で貰ったお金よ。善良な人なら半分寄越《よこ》すと思わない？」

「セレス、うちは結構仲が良かったから、半分寄越すかな。そう思ったの……だけどカズマくんは渡さなかったわ。流石のあのクズも、身一つで私を追い出して、自分を兄として慕《した》うセレスからお金は取れなかったんだと思うわ。お金を返して寄越したのが僅《わず》かな良心よ……だけど、それでも二人のお金を独《ひと》り占《じ》めして、奴隷を買うのよ‼　充分クズよ‼　尊敬なんて要らないわ‼」

「そうですよ、セレスさん……。カイトはクズ。それを忘れてはいけないですよ？」

「そうそう、セレスちゃん。シュートは自己中男、それも忘れちゃいけないわ」

「セレスくん、思い出は美化されるわ。だけどそれは、貴方だからというのが強いわ。確かにセレスくんには、セクトールすら確かに優しかったわよ。子供の頃から『尊敬の目』で見られたらクズだって優しくなるわ。だけど、それでも、夫婦の財産を独り占めして一切お金を払わない……そういう人間だという事は覚えておいて」

確かにそうだ……。

俺は冒険者でS級。お金を簡単に稼げるから執着がない。

だけど、普通の人間が考えたら、家、畑、お金等全部独り占めしているのだから確かにまともじゃないし悪人なのかも知れない。

だが、それでも……。

子供だった俺を育ててはくれたんだ……どんな理由であれ。

怒っている四人を前にして、俺は自分の気持ちを伝えよう。そう思った。

「皆に言いたい事があるんだ。静子さん、姉さん、ミサキさんにサヨさん。俺『多分四人以上に欲しい者なんてない』。貴族になって大きな屋敷に住む。確かゼクトの夢だったけど、そんな物に価値なんて感じないし、エルフの女を囲うとか王女との婚姻とかも興味なんてない……そんな生活より『四人との生活』の方がはるかに良い」

「「「「セレス（くん）（さん）（ちゃん）」」」」

「俺さ、四人と出会った時、まだ子供だから、どんなに好きでも諦める選択しかなかったはずなんだ。諦めようとして他の子を見ても駄目だったよ。もう四人とも結婚しているから。俺に譲ることが出来るのはあの四人しかいない。まぁ一人は違うけど、三人は譲ってくれたんだ。だからクズなのかも知れないけど感謝してしまうんだ。お金なんてそんなに欲しくないし、四人と一緒に楽しく生活する、それに比べたら金貨一万枚ですら霞《かす》んじゃうよ。俺口べただから上手く言えないけど、こんな風にいつも思っている」

「セレスくんがそう言うなら仕方がないわ……うふふっ金貨一万枚よりね……ありがとう」

「セレスはそんなに思ってくれていたの……それじゃ仕方ないよね」

「セレスさん、お金に代えられない……そう言われちゃったらもう何も言えないわ」

「セレスちゃんが、そこまで私に価値があるっていうなら……何も言わないわ。支度金なんて端金《はしたがね》に思えちゃうもの」

四人がやっと笑ってくれた。

極論かも知れない。だけど俺は思うんだ。

財産や家や地位をなぜ望むのか。

それは好きな異性を惹《ひ》きつけるために必要なんじゃないかって。

もし、好きな人が傍にいてくれるなら……それらは最小限で良い。

本当に心からそう思う。
だから……三人を心からは嫌いになれない。
だって俺にとって最高の宝ものを譲ってくれたのだから。

第六章 ◆ 王国の動きとセクトールの解放

余《よ》はザマール王国の国王、ザンマルク四世である。

今は腹心であるオータから勇者ゼクト達の報告を受けていた。

「勇者ゼクト達が街で停滞しているだと！　何か問題でも起きたのか！」

魔王討伐の旅のまだ序盤《じょばん》。そんな場所で勇者パーティが立《た》ち往生《おうじょう》している。天災で橋が壊れた等であれば起きてもおかしくないが、ここしばらくはそんな報告は受けていない。

「それが！」

「どうした？　何が起きているのか話せ！　お前は報告が仕事、決して怒ったりせぬよ」

「はっ、教会やギルドの報告ではパーティメンバーの一人を追放したとの事です。ですが、それで不具合が生じた模様です」

追放？　あのパーティは四職（勇者　聖女　賢者　剣聖）、それに一人足した五人のパーティじゃ。

三職は追放など出来ぬから、残りの一人という事になる。

「聞くまでもないが、追放されたのは魔法戦士のセレスじゃな」

「はっ、そうです！」

「それで、セレス殿は、教会やギルドで正式に追放扱いになっておるのか？」

「それが話では、余《あま》りにもおかしな状況なので。ロマリス教皇様と冒険者ギルドで話し合い、書類の不備を理由に別動隊扱いにしているとの事です」

「忌々《いまいま》しい。そのまま『追放』にすればよい物を……」

「王よ。それでは余りにセレス殿が気の毒です。あれほど」

「『あれほど尽くしてくれた』『あれほどの人材』そう言いたいのだろう？　余も同じよ。余が言いたいのは『追放』であれば、我が国が迎えられる。そう言いたいのだ。お前は今までの人生で余に歯向かった事などない。そんなお前が『セレス殿が気の毒です』と庇《かば》うほどの人物、余が目をつけぬと思うか」

　こいつ、オータは絶対に余に歯向かわぬ。宮廷の間では『永遠のイエスマン』そう陰口《かげぐち》を叩かれる程の存在じゃ。それが余に進言してくる存在。その価値が分からない程無能ではない。滅多《めった》に人を褒めないドーベル宰相《さいしょう》からして『あれ程の才に恵まれた人物は二人といない』そう言うのだ。その価値は計り知れぬよ。

「それでは……」

「もし追放なら獲得に向け動けるのに。そういう事じゃ。もし余が出向いて心が動くのであれば、出向いても構わぬ、そう思ったのじゃ」

「すみませぬ。そこまで王がお考えなのに余計な事を！」

「赦《ゆる》す。かの人物の重要性は、誰しもが思っている事だ！　本来なら一度貰えれば生涯の栄誉、そう言われる『ドラゴンスレイヤー』。王や教皇自らが与える称号。その資格を数度にわたり手にする資格を得た豪傑《ごうけつ》。勇者パーティゆえ渡せなかったから余が『その権利を対面なくして与えた』余にとっても特別な人物、余に心酔《しんすい》するお前がおして進言する気持ちも分かる」

強いだけではない、恐らくセレス殿が代筆で書いた物と思われる文章には品があり、その計画は宰相のドーベルが目を通さずにハンコを押せる。そのくらいの物だ。大臣クラスや文官が作った書類すら駄目出しをする、あのドーベルが、その素晴らしさを認めておる。余も何回か書類を見たが、あれは熟練の文官並みだ。最近やたらと文字が汚くなったという事だが、セレス殿を追放したからか。

「はぁ～どうにかならんか？」

「そうでございますな……とりあえずは勇者達との切り離しが宜《よろ》しいかと」

「それで、セレス殿はどうしておるのじゃ？」

「情報によれば、故郷に戻っているとの事です」

「ならば簡単じゃ、勇者ゼクトに『勇者たるもの停滞や後退は許されぬ、歩を進めろ』そう勅《ちょく》命《めい》の文を送れ」

「かしこまりました」

大体、この国、ザマール王国にとって勇者などは『百害あって一利なし』じゃ。

魔王、魔王と言うが、魔王軍がこの国に攻めてくるにはガルバン帝国、聖教国ガンダルを越えてこないといけない。

二国を滅ばさなければならないなら……数百年は安泰《あんたい》だ。

それに勇者は魔王討伐の旅に出て、この国から出た時点で何、この国へのメリットはない。

『魔物や魔族と戦っているだけ』でこの国に利益はないのだ。

たとえ、王都が危機にあっても基本的に呼び戻せないし、もし呼び戻しても、遠くにいたらたどり着く頃には『終わっている』。

こんな意味のない存在に『勇者輩出国』というただの飾りの栄誉のために金を払い続ける……本当に馬鹿らしい。

金ばかりじゃない。もし魔王を討伐したら、余の娘、第二王女のマリンとの婚約も進めなければならぬのだ。

「今の所出来ることは少ない。だが折角《せっかく》セレス殿が離れるのだ。出来るだけの手は打ちたい。オータ、お前が責任者になり行動を起こしてくれ」

「はっ、すぐに行動に移します」

余は勇者などは要らぬ……いざという時に動いてくれ竜種すら撃退するセレス殿が欲しい！

◆◆◆

四人と話し合った翌日。

俺は、ジムナ村近隣を統括《とうかつ》する、領主ガメルダ伯爵様の屋敷に来ていた。

「久しいなセレス殿……竜種を倒し続けるなど凄いじゃないか？　流石《さすが》は『ドラゴンスレイヤー』の称号を持つだけの事はある」

勇者パーティに所属している。それは凄く便利だ。

Sランクとはいえ只《ただ》の冒険者が、面会も申し込まずに上位貴族に会える。

普通の平民には雲の上の存在、本来なら村長を通さなければ村人は会えない。

勿論《もちろん》、村長に恥をかかせてはいけないから、ナジム村長にお金を払い、一筆手紙を書いて貰った。

しっかりと顔を立てないと嫌われるからな。

こういう小さな事を省くと、どこかで大きくしっぺ返しがかえってくる。

村社会の妬《ねた》みはある意味、魔王なんかよりも本当に怖い。

「ありがとうございます、今日はこれをお届けに参りました」

俺は収納袋から、水竜の鱗《うろこ》を数枚出した。

竜種を狩った時に、俺は鱗を数枚抜いている。

鱗を数枚抜いた所で買い取りの価値は余り下がらない。

だが、綺麗《きれい》な竜種の鱗は結構高値で取り引きされ、貴族が調度品として欲しがる。

「それは……水竜の鱗ではないか？　しかも五枚……金貨百枚で良いか？」

「これはお届け……献上品です。お金は要りません。これは俺が初めて倒した竜種の首の付け根の鱗です。大恩あるガメルダ様にいつか差し上げようと思っていた品です」

『初めて倒した』これを強調する事でこの鱗の評価は更に上がる。

　ちなみに村長にも村の大老たちにも一枚ずつ渡してある。

「そんな貴重な物を無料で貰うわけにはいかぬ。それに儂《わし》はセレス殿に何かしてあげた記憶はない」

「ありますよ、ガメルダ様、ジムナ村です。私は孤児でして小さい頃から村で一人で暮らしていました。村の人達は優しく俺を育ててくれて一人前になれました。ガメルダ様の治世が良いからそれが村長に伝わり、皆が優しい。もし俺が他の方の治める地で生まれたならきっと奴隷になっていたでしょう。ナジム村長は言っていました、ガメルダ様が優しいからこそ儂も優しくなれるのだと」

　そんな事を村長は言っていない。

　だがこれで、もし領主であるガメルダ様が村長に声でも掛けたら、村長はきっと喜ぶ。

こういう根回しが大きく後の生活に繋《つな》がりプラスになる。

「ナジムがそんな事をの。それで今日は何の用じゃ、ただ世間話をしに来たわけじゃあるまい」

「税金を払えなかったセクトールという村人ですが……私が税金分を払いますのでどうにか鉱山から帰して貰えないでしょうか？」

「セクトールか。あれは村でも悪評が立っていて誰も助けなかった男だ。勇者の親のくせに酒とギャンブルに嵌《は》まり、お金を使い果たしたと聞く。更に非道にも妻すら奴隷《どれい》に売った。そんな男をセレス殿は助けるのか？」

クズなのは俺も知っている。

静子さんの事を考えたら見捨てた方がいい。

だが、セクトールはクズだが、子供の時に俺を可愛《かわい》がってくれた。

だから、その分の恩は返しておきたい。

俺はゼクト達に恨みなんて本当にないが、何かしないと静子さん達が納得しない。

皆には『復讐の駒《こま》』に使う。そう言えば納得してくれるだろう。

「先程話した通り、ガメルダ様の治世のおかげでジムナ村で俺は楽しく過ごせました。セクトールは良い人物ではありませんが、子供の時に遊んで貰った記憶があるのです。父親の様に接してくれた……その事実に一度だけ、手を差し伸べようと思うのです」

「随分と心が広いのだな。水竜の鱗の代金代わりに、セクトールの税金の未払いを許そう。それで良いかな」

「お手数を掛けます」

「仕えている者に連れて来させるから……そうだ旅の話でもしてくれぬか」

「はい」

◆◆◆

流石に何時間も話し続けられないし、相手は領主だから仕事もある。

キリのよいところで俺は貴賓室に移り寛《くつろ》がせて貰っていた。

勇者パーティでもなければ、平民の俺がこんな部屋に入る事はまずないな。

眠くなり、うとうとしていると扉がノックされた。

「セレス様、セクトールを連れて来ました。ガメルダ様からは『執務《しつむ》があるので挨拶出来ぬが連れ帰ってよい』と言われております」

「セレス……すまない……」

現れたセクトールには、かつての面影《おもかげ》はどこにもない。どう見てもホームレスかスラムの人間にしか見えなかった。

「すまないじゃない……俺は貴方がした事は許せないが、ひとまず村へ帰ろう」

「許せないなら……なんで助けてくれたんだ」

「良いから村へ帰るよ。鉱山よりはマシだろう」

「あぁっ……」

「それじゃガメルダ様に宜しくお伝え下さい」

「かしこまりました」

俺はセクトールを連れ、村に向かった。

◆◆◆

セクトールは下を向きながら黙ってついて来た。

俺から話さないと埒《らち》が明かないか。

「静子《しずこ》さん、売ったんだよな……あの時はまだ金があったんだろう。なんでだよ……もし売るにしても俺が先約だろう」

「確かに、セレスが子供の時に、そんな約束をしたな……お前は静子の事が好きだった。マセガキ、そう思っていたよ。まさかまだ好きだったのか。売ったのは、今となっては魔が差したとしか思えない……すまない」

ギャンブルや酒は人を腐らせる。

『なれない大金を摑《つか》んで身を滅ぼした男』それだけの事だ。

前世にもいたな、金をなくして家族を風俗に売った馬鹿が。

「運命のめぐり合わせで、静子さんは俺が買って妻にした」

「そうか……」

「本当なら殺したいくらい、憎いんだろうな。だがな、俺はどうやら、マザコンでババコンだけじゃなく、どうやらジジコンでファザコンでもあるらしい……」

「まさかお前、俺を……？」

「違う‼　馬鹿じゃねーの。あんたのやった事はクズだが、昔のあんたは違った、実の息子のゼクトと同じように俺を扱ってくれた」

「そうだったか……」

「俺とゼクトに酒を飲まして静子さんに怒られたよな」

「ああっ……そんな事もあったな」

「あの時の恩があるから、助けるよ。今回はなセクトールおじさん」

「まだ、そう呼んでくれるのか」

「ああっ……だが二度目はないからな」

「二度と馬鹿はしない……約束する！」

クズなのかも知れないが、恩も思い出もある。

鉱山でこいつが死ぬ。そう思ったら、なんか切なくなった。

静子さんに、どう説明しよう。

◆◆◆

村に帰って来た。

本来は村長のナジム様の所に連れて行くのが正しいが、先に静子さんの元に連れていく。

勿論《もちろん》、これは事前に村長のナジム様には許可を貰ってある。

「セレス……頼むよ、傍《そば》にいてくれないか？」

「セクトールおじさん、それは駄目。俺も怖い、子供の頃一度だけ怒らせて、俺もゼクトも泣いたくらい怖かったから」

ちなみ俺は一度だが、ゼクトはかなり怒られていた。

今思えば、ゼクトは随分と図太かったんだな。

あれを、何回も食らって止《や》めないんだから。

「なぁなぁ、そんな事言うなよ、俺はお前を息子の様に」

「ごめん、諦めて」

流石に大好きな静子さんの般若《はんにゃ》の様な顔は見たくない。

俺はセクトールの腕を掴んで家のドアを開けた。

「セレスくんおかえり――セクトール！　貴方よく顔が出せたわね……」

「セレス、何でここにこいつがいるんだ！　こいつは鉱山送りになったはず」

「セレスさん……なんで連れ帰って来たのかな……こんなクズ……」

「セレスちゃん……優しいのは良いけど……クズは捨てないと駄目。この人だけはクズすぎるわ」

こうなるのは分かっていた。

四人は何時《いつ》も優しく女神のようだけど、怒らせたら凄く怖い。

恋人で姉で妻だけど、俺の子供の頃の母親代わりでもあるんだ。その怖さは充分知っている。

「確かにそうだけど。ゼクト達への仕返しに必要だから連れ帰って来た。流石に死なれちゃ寝覚めが悪いから。殺さなければ好きにして良いから。それじゃ、セクトールおじさん、頑張って！」

「おい、セレス嘘だろう？　なぁ頼むよ、助けてくれよ、なぁ、なぁ」

「おじさん」

俺はセクトールに微笑みかけた。

「助けてくれるのか、ありが……」

「鉱山にいたら死ぬけど、ここなら半殺しですむ。よかったね」

セクトールは真《ま》っ青《さお》な顔になり、そのまま膝《ひざ》から崩れ落ちた。

「セレスく――ん？　そう、殺さなければいいのよね、分かったわ」

「セレス……片手がなくなる位は許容内？」

「そうね……鉱山より恐ろしい目にあわせてあげればいいのよね、セレスさん」

「そうか……そうね……私達の手でした方が良いわね。そういう事なのねセレスちゃん」

「セレス嘘だろう？　なぁなぁ、助けてくれなぁ」

「それじゃ、外にいるから、終わったら声かけて」

「「「分かった（わ）（よ）」」」

「嫌だ――嫌だ――っ」

俺は扉を開け外に出た。

中からはセクトールの大きな悲鳴が聞こえてきた。

◆◆◆

この村は本当に良い。緑が豊富で空が綺麗だ。

家の傍で横になり空を見た。

人生って分からないな。

子供の頃から好きだった人は全員が幼馴染《おさななじみ》の母親だった。

普通なら諦めるはずの恋だったが、未《いま》だにひきずっていたら、その恋は叶ってしまった。

しかも四人全員という夢の様な形でだ。

この四人の中の一人でいい……自分の恋人になってくれるなら、結婚してくれるなら死んでもいい……子供の頃そう思った事がある。

セクトールおじさんに年とった静子さんなら金貨一枚で譲ってやるよと言われた時……カッコ良い男なら飛び掛かるだろう。

だが、俺は『本当に譲ってくれるのか』そっちを考えてしまった。

静子さん達は『ゼクト』が許せないらしいが……あいつは偶然だが、俺にとっての前世でいう『愛のキューピッド』だ。

ゼクトが勇者になり、俺をパーティに誘わなければ俺は一般人のままだ。

婚姻相手は一人のみだ。

ゼクトが俺を誘い……パーティに入れたからこそ『勇者保護法』やその特権に俺もあやかって『複数婚』の権利を得た。

確かに苦労はさせられたけど、充分すぎる報酬だと思う。

だが、俺がどう説明しようが、駄目だな。

傍目《はため》には、ゼクト達が俺にかなり酷い事したようにしか思えない。

逆の事を考える必要がある。

『ゼクト達には大した事ではなく……周りからしたら酷い事に見える』

そういう事を探さないとな。

しかし、さっきから悲鳴が凄いな。

だが、この位は、仕方ないよな。

◆◆◆

暫《しばら》くたって悲鳴が聞こえなくなってきた。

もう終わったのか？

俺が扉を開け家のなかをのぞくとセクトールおじさんが倒れていた。

「セクトールおじさん」

顔を叩いても反応がない。

髪は真《ま》っ白《しろ》になっていた。

「セクトールおじさん！　セクトールおじさん！　セクトールおじさ――――ん！」

「うふふっ大丈夫よセレスくん、回復魔法で回復済みだから……」

「セレス、うん平気だから。一回死に掛けていたけど、静子は回復魔法の達人だから、問題ないわ」

「セレスさん、少しやりすぎだったけど……このくらいなら大丈夫よ」

「セレスちゃん……鉱山なら全死だもの、半死や、死に掛けならお得でしょう」

怖くて何があったのか聞けない!!

髪の毛が真っ白になる位の恐怖があったんだ……只事じゃない。

だけど……うん、忘れた。

女神の様に優しい四人がそんなに酷い事なんて、絶対にしないよな。

「それじゃ、村長さんの所に連れて行ってよい？」

「「「ええっいいわ」」」

俺はセクトールおじさんを担《かつ》ぐと、そのまま村長の所に連れて行った。

◆◆◆

村において貴族や領主が絡まない限り村長の権限は王に近い。

何かあれば裁《さば》くのは最終的には村長だ。

法律以外の村の掟《おきて》をつくるのも村長だ。

つまり村長はこの村の司法と立法の最高権限を持っている。

「よくもまぁ馬鹿な事をしたもんじゃ。この村じゃ貧乏な時は仕方ないが裕福な時に家族を奴隷として売るのは、掟が許さぬ」

凶作等で税金も払えず、生活が出来ない状態で泣く泣く家族を売るのは、村人である以上は仕方がない。だがこの村では裕福な人間が家族を奴隷として販売する事は固く禁じられている。

「罰《ばつ》は受けるつもりです」

「だがな、こんな事が周りの村に知られたら村としても困る。幸いこの事は村の中でおさまり、他にはほとんど知られていない。だから今回の事は罰しない。だが、お前の畑は今回の不始末で取り上げさせて貰う。家はセレス達が去ったあと返してやる。自分で荒れ地を開墾《かいこん》してまた手に入れるのだな」

この村は裕福で開墾されていない土地はまだある。

だが一から耕すのは大変な事だ。

そんな事を言いながらもこの村は『困っている者には優しい』セクトールおじさんが本気でやり直すなら、きっと誰かが手を差し伸べてくれる。

「はい……そうします」

「心を入れ替え頑張るのじゃな。あと領主様に話をつけたセレスに感謝するように。儂からは以上だ」

「良かったですね」

「あぁっ、ありがとうセレス」

村長も顔に出さないが驚いているよな。

セクトールおじさんの髪が真っ白なんだから、深く考えるのはよそう。

◆◆◆

結局、俺達が去るまでセクトールおじさんはそのまま、ナジム村長の家で居候《いそうろう》する事になった。

反省の意味も込めて、しばらくは家の中の事をやらせるそうだ。

恐らくは村長なりに、セクトールおじさんと静子さんが顔を合わせない様に、と考えてくれたのだろう。

後は、俺には最早《もはや》どうでもいい『ゼクト達への仕返し』をどうするかだが、おぼろげに考えは浮かんできたが、目下悩み中だ。

何もしないでもゼクト達は家事がまともに出来ないから困っているはずだし、めんどくさい書類もあるのに、追放されて、そのまま別れたから引継ぎもしていない。

前世で言うなら『家事を一切してこなかった子供が親を追い出した』『会社で引継ぎもしな

いで担当社員を追い出した』その状態だ。
普通に困らないわけないな。
俺としては静子さんたちの気がおさまる方法を考える。それだけだ。

第七章◆勇者パーティ心の別れ

セレスが去って、パーティが上手く回らない。俺、ゼクトは宿屋の俺の部屋に集まってもらい、悩んだ末の決断を皆に伝えることにした。

「本当は気が進まないし。したくもない。だがこれしかもう浮かびあがらないんだ。先に謝っておく。すまない」

もうこれしか思いつかない。

側室《そくしつ》とはいえ、生涯を共に歩むはずだった相手にこれを言うのは。

心が痛い。

「ああっ分かっている、我々の誰かがセレスの婚約者、いや場合によってはすぐに妻になれ。そういう事だよな」

リダも分かっていたんだな。真剣な眼差《まなざ》しで俺の目を見ているのだから。

「正確にはリダか私、どちらかね。メルはセレスを傷つけたんだから」

マリアも覚悟を決めていたんだな。

いつもの気だるい雰囲気はなりを潜《ひそ》め、俺の目をまっすぐに見つめている。

「待って。私はあの時間違いなく恋人だった。私が反省して心から謝って、セレスが許す。それが一番よ。心からの愛を示せばきっとセレスは許してくれる」

メルは泣きそうな顔で俺を見つめてくる。

だが、もうそれじゃ無理だ。

俺があの時、メルに手を出さなければ、なにも起きなかった。

今も、ここにセレスはいたはずだ。だが、その責任はメルではなく俺にある。

「果たして、それで足りるだろうか。事の発端《ほったん》は、俺がお前達の魅力に負けて独《ひと》り占《じ》めしたのが問題なんだ。だから、俺はあいつが望むなら誰でも差し出す。三人全部を望むなら、その時は全員でも差し出す。本当にすまないな……ごめん」

「あははは、良いんだよ、仕方がない、セレスがいないと、私達は無力だ。特に私は、役立たずになる。セレスの剣の手入れがないと戦力にならない……仕方がない。仕方がないが……少し考えさせてくれ」

リダの目には涙が浮かんでいるが仕方がない。

仕方がないんだ……。

「ふぅ、仕方がないわね。私は子供の頃から、貴方《あなた》と結婚すると思っていたわ。まぁ貴方が勇者になったから側室。そう思っていたけど、現状を考えたらかなり無理があるわ。セレスは幼《おさな》馴染《なじみ》だし、付き合いは長いわ。二番目に好きな男性ではあるの。婚姻相手を一番から二番に変えるのね、仕方ない考えるわ」

マリアも無理して言ってくれているのが痛いほど分かる。

「悪いな」

「ゴメン。元を考えれば、私が悪いの。だからゼクトは謝らないで。あの時私が馬鹿をしなければ、きっと、ごめん」

メル、今更それを言っても仕方がない。

「本当にすまない」

俺はこの日、幼馴染をセレスに差し出す覚悟をした。

◆◆◆

反省するのはここまでだ。

勇者である、俺ゼクトは別の事を考えていた。

「これでセレスに三人を押し付けられる」

全てが丸く収まる。結構、結構コケコッコーだ。

俺は今まで、呪いに掛かっていたんだ。

本当に呪いとしか思えない。この程度の女が好きだったなんてな。

外見も性格も。そんなに、よい奴らじゃない。

こんな女のために俺は親友のセレスを失った。

本当に腹立たしいな。

昔、冒険者に『性欲には気をつけろ』そう教わった事がある。

俺が掛かった呪いがまさにそれだ。

その冒険者が言っていたが、女の冒険者一人と幼馴染と一緒に長期の依頼を受けたらしい。人里離れた場所で、男二人と女一人。傍《そば》にいる女冒険者は凄い美人、当然取り合いになる。幼馴染と取り合いの末、敗《やぶ》れた冒険者は二人がいちゃつくなか、寂《さび》しく一人過ごしたそうだ。死にたい、とさえ思ったらしい。

だが、この話はそこで終わらない。

『いやぁ～怖いわ。ああいう状況だと、女って凄く綺麗《きれい》に感じるんだな。溜《た》まっていたから、金を握りしめて娼館に行ったら、ほぼ全員があの時の女冒険者なんかより綺麗だったよ。抜いて貰ってから、街であの女冒険者を見たけど、あれはブス。そうブスだった。幼馴染がその横を悲しそうに歩いていたけど、スッキリしたよ』

こんな事を親父《おやじ》と面白そうに話していた。

今の俺にこの話はそっくり当てはまる。

『聖女』だ『賢者』だ『剣聖』だ。なんていってもしょせんは村娘。

そんな格段と可愛《かわい》いわけじゃない。

今までこいつらが可愛く見えていたのは、この三人しかいない環境で生活をしていたからだ。

そしてこの三人を綺麗に見える様にするための人間がいたからそう見えた。

それだけだ。

村にいた時にはその母親が。

少し前まではセレスが世話を焼き、身ぎれいにさせ、手入れをしていた。

だからこそ『可愛かった』んだ。

それがなくなった今、本当のこいつらが見えてきた。

そんなに可愛くない。

そんなに綺麗でもない。

そこら辺に転がっている普通の女だ。

それは三人の中で一番綺麗で、本当に愛していたマリアでもそうだ。

風になびいていた綺麗な薄紫の髪に白い肌、スレンダーなスタイル。

俺にとっては本当に好みの女だった。

だが、世話を焼くセレスがいなくなったら、ボサボサで汚らしい髪。顔にはシミやそばかすが見え。気のせいか体までぽっちゃりしてきた。

普通じゃない。

女に上中下をつけるならもう中じゃない。下の上だ。

セレスがあの三人にしていた事を街でやらせようとしたら一人銀貨三枚（約三万円）掛かるんだ。

金を掛けなければ、可愛くいられない。

そんな女だった。

しかも、それだけじゃない。あいつ等は性格まで悪い。

俺の母親は、下着なんて男に洗わせたりしない。

多分、村にいた他の女だってそうだ。

普通の女なら恥《は》じらいがあって恥ずかしいから、そんな事は男にさせない。

食事だってそうだ、セレスの味は無理でも、ちゃんとした物を出せない女は村にはいないだろう。

今まで、宝物だと思っていた三人が全員ゴミだったんだ。

しかも、三職だから、妊娠が怖くて抱けねーんだ。

更に女の価値がない。

もっとも……今の三人を俺が抱きたいか？

そう言われれば抱きたくもない。
魔王を討伐すれば、俺には次のステージがある。
王女との婚姻に貴族の側室、それが待っている。
亜人扱いだからエルフはそこに加えられないが、最高の人生が待っている。
そこにこの三人は要らない。
だが、魔王と戦うためには必要な駒だ。
だったら、セレスに全員やればいい。
セレスに譲るなら『親友に譲った』と教会や国王にもいいわけがきく。
ゴミ女を戦力として魔王討伐まで手元に置いて、更にセレスに俺の傍で働いて貰える。
最高じゃないか!!
セレス、お前に全部くれてやる!!
これで良い。いや、これが最善じゃないか。
要らない女を利用しきって処分。セレスが親友に戻り感謝。
素晴らしい。
これなら戻って来てくれるよな、親友。

◆◆◆

剣聖リダ。剣を持てば誰にも負けない。
それが私。いや、はずだった。
だが、ここしばらくの生活で嫌というほど気がついてしまった。
私が剣聖でいるためにはセレスがどうしても必要なんだという事を。
皆の前でああは言ったが、もう、私の気持ちは決まっている。
セレスの恋人、いや妻になるのは私だけでいい。
三人全部望んでも、それでもセレスがいい。
私の目は曇《くも》っていた。
剣ばかり振るっていたから、おかしくなっていたんだ。
子供の頃から私はゼクトが好きだった。
目立つ存在だったし、いつも私達の中心になっていたから仕方ないと思う。
セレスは何時《いつ》も働いていた。
子供の遊びにはほとんど参加せず、大人の手伝いばかりしていた。
母さんも父さんもいつもセレスにべったりだった。

母さんはセレスに『姉さん』と呼ばせていた。

父さんも『兄さん』と呼べと言っていた。

そしてセレスは二人を『姉さん』『カズマ兄さん』って呼んでいた。

家族でもない癖に……家の中に入りこんでくる。

家での会話はセレスばかり。

父さんは何時も『セレスは凄い、あいつは本当に料理が好きなんだ』

そう言っていた。

私が家の台所じゃなく、店のキッチンに入ると怒鳴られた。

だけど、セレスは普通に入れる。

母さんはよくセレスを叩いていた。最初は怒られてざまぁ見ろ、そう思っていたが違う。本当の家族への信頼から叩いているんだ。その証拠に叩く母さんも叩かれているセレスも笑顔だ。

『うざい奴……死ねば良いのに』どれだけ嫌いだったか分からない。

私の居場所はどんどんセレスに奪われる。

それなのに両親は――。

『リダ……将来は誰と結婚するのかな、セレスがお勧《すす》めだよ』

『そうね……あの子がリダのお婿さんになってくれたら嬉しいわ』

私の幸せを考えているんじゃない……セレスが欲しいから結婚を進めているだけじゃない

か？

心底両親が嫌いだった。

セレスはもっと嫌いだった。

だから、私は、子供の頃セレスにかなりの意地悪をした。

川に突き落とした事もあるし、事故に見せかけ木の棒で殴った事もあった。

それなのに、あいつは何時もへらへら笑っていた。

『気にするなよ……大した事じゃない』

今思えば、セレスには親がいない。私が川に突き落としたら、その服を乾かすのも、風呂を沸かすのもセレスだ。

頭から血が出る怪我《けが》をしたら、普通は親が治療するがセレスには親がいない。自分一人で治療してきっと一人で痛みに耐えて寝たはずだ。

流石に自分のした事を恥じた私は、セレスに関わらない。

そういう風に子供の私は決めた。

大人になった今なら分かる。

孤児になったセレスには『あの生き方』しか出来なかった。

食料や生活を見て貰うには、手伝うしかなかった。

遊ばなかったんじゃない、遊べなかったんだ。

そんな事も子供の私は気が付かなかったんだ。
そんなセレスを不憫《ふびん》に思った両親が優しくするのは人として当たり前のことだ。
食堂を手伝い、料理すら手伝うのだから、キッチンに入れるのも当たり前。
全てはセレスが生きる事に必要だった。
それだけの事。
そんな普通の事で、私はセレスを憎んでいた。
今思えば、セレスはとてつもなく優しかった。
川に突き飛ばした事も木で殴った事も誰にも言わなかった。
「こんな女によく尽《つ》くせたもんだ」
私もゼクトもマリアも多分メルだってセレスを馬鹿にしていた。
良い様に使い、こき使っていた。
ただ四職じゃない、それだけでだ。
文句も言わずにこき使われた挙句《あげく》――追放。
なんでセレスはそれで怒らないんだ。
違う。セレスは、心が広いんだ。
そう、まるで理想の父親であり、母親でもある。そんな奴だ。
そう考えればすべての辻褄《つじつま》があう。

父さんや母さんがセレスにとっての姉や兄なら、私の事を姪《めい》っ子《こ》の様に思っていてもおかしくない。

そうか……私は大きな愛に包まれていたんだ。本当に馬鹿だ。

ゼクトと結ばれても私は四番以下だ。

恐らくは正室には王女、側室筆頭に貴族の娘、そしてその下にマリア。その下が私だ。

今でさえこんな扱いのゼクトの四番手以下……それに価値などない。

ならば、私を大切にしてくれるセレスの所に行った方が幸せだ。

魔王討伐後は、二人で冒険者でもして暮らせば良い。

セレスが作った飯を食って、セレスが洗ってくれた綺麗な服を着て、一緒に酒を飲んで……

まぁそこまでの関係だ。夜は……。

なんだ、こっちの方が幸せじゃない。

父さんと母さんは間違っていなかった。

私の幸せを考えてセレスを勧めてくれていたんだ。

冒険者に飽きたら、田舎に帰って、食堂の後を継いでもいいかも知れない。

父さんがいて、その横でセレスがフライパンを使う。

何も出来ない私は……配膳でもするかな。

セレス、私が妻になる。もう蔑《ないがし》ろになんかしないし、させない。

まぁセレスが三人全員を選んでも、昔の様に戻るだけのことだ。

それでもきっと今より幸せだ。

◆◆◆

私の名前はマリア。

勇者パーティ『希望《きぼう》の灯《ともしび》』で聖女をしているわ。

よく癒し系の美少女って呼ばれている。

ゼクトから話を聞いて……正直ガッカリしたわ。

本当に愛想が尽きたわよ。

大体、私に言いよってきたのはあいつの方なの。

私から告白したわけじゃないわ。

しかも、私が付き合うのをOKしたら、まるで私を囲うようにして他の男の子から遠ざけたじゃない。

確かに同年代は私達だけだけど、私は年上も年下もいけるから、セレスと貴方だけが男じゃないのよ。

それに私は将来は村を出るつもりだったから、別に村の中で男を決める必要はなかったのよ。

散々『好きだ』『愛している』そう言ってきたんだから、勇者になっても、王女との婚姻や貴族との婚姻は『好きな人がおります』と言って最初の時点で断りなさいよ！

長い付き合い、腐れ縁、だから、しぶしぶ側室の件もＯＫしたわ。

王女に大貴族の娘。上に二人がいるだけじゃなく下には既にリダがいる。パーティだから仕方がない。気持ちを押し殺してＯＫした。

それに仲間だから、引き入れたい。そう言うからメルの件も本当に腹が立ったけど、ＯＫしたわ。

だけどね、女神の顔も三度まで。そういう言葉があるのよ。

今回で四回目。温厚で癒し系の私も、表には出さないけど、流石にキレたわ、私。

今のこのパーティの状況を考えたら、分かるわ。

セレスが戻って来てくれないと困るもんね。

だけどね……それで良いの？

それを私は貴方に言いたかった。

私は最初は貴方がそんなに好きじゃなかった……だけどね、しつこくきて仕方なくだけど付き合い初めて、気が付いたら好きになっていたのよ！

そんな時間を掛けて口説《くど》いた女、簡単に渡していいわけ？

だったら最初から口説くな！　そう言いたいわ。

大体、私の初恋は貴方じゃなくてセレスなのよ。

当たり前よね、優しくて大人なんだから。普通にガキみたいな貴方よりあっち選ぶわ。

あの、子供嫌いのうちのお父さんですら『あの子は良いね』そう言うくらい、魅力的なんだもの。

だけどね、私は逃げたの。

セレスの横に並んだら、自分が霞《かす》んでしまう。そう思ったから、セレスを諦めて、貴方を選んだの。

その私に、セレスの所に行く選択をさせるわけ。

（ハァ～どうして良いのか分からないわ）

初恋のセレスを諦めてゼクトと付き合って。

今でも私は多分、セレスを愛しているわ。

だけどね、この愛は貴方への愛と違うのよ。

セレスへの愛は今は昔と違って『お父さんへの愛』なの。

私の父親シュートは、本ばかり読んでいて私には構ってくれなかった。

本を読んでいる時に話しかけると凄い顔で怒る。

不思議とセレスには読み書きを教えていたり、普通に話すけど、今思えばあれはセレスが大人な対応で店番したりしていたからだわ。

話を戻すけど、私には父親がいない様なものだった。

相談も話もまともに出来ないんだから、あれは父親じゃないわ。

ゼクトは馬鹿だから、相談しても意味がない。

そうなると困った時に相談出来るのはセレスしかいなかったのよ。

セレスと話すと、そう年上の人と話している様な気がして、安心出来るのよ。

だから、セレスはお父さんみたいな存在なのよ。

子供の時に泣いている私を慰めたり、お腹がすいた私に焼き芋をくれたり……同年代とは思えないわ。

親がいないセレスにとって、芋だって貴重な食べ物だったはずだわ。

母さんや父さんに怒られると割って入って助けてくれたり。

森で迷子になったら、自分も子供のくせに助けに来てくれたり。

だからね、セレスはお父さんなのよ。私にとってそんな存在。

そんなセレスの恋人や妻に私がなる。どうして良いか分からない。

だけど、ゼクト、貴方の側室になっても三番‼

それならセレスの方が良いかもね。

セレスとの未来はきっと幸せだわ。魔王討伐の後は、私が治療院でも開いてセレスが疲れた私の肩を叩いてくれたり、お茶を入れてくれる未来が見えるもの。多分貴方の傍で三番でいるよりはるかに素敵な世界だわ。
まだ、貴方に未練はある。
だけど、貴方と過ごす未来は、きっと楽しくない。
辛い未来しか見えない。
恐らく、その未来で私は笑っていないわ。
私としてはセレスを選ぶのは父親を恋人にしたみたいで凄く恥ずかしい。
でもきっと貴方との未来よりははるかにマシ……そう思えるの。

◆◆◆

はぁ～私はメル。
勇者パーティで賢者をしているわ。
賢者とは常に冷静に物事を考え、味方を勝利に導く存在。
それなのに――。
どうして私は馬鹿な事しちゃったんだろう。
憧れのゼクトに好きだと言われて舞い上がっちゃったんだ。
本当に私は馬鹿だ。

きっと私はゼクトにとって、本当の意味では側室じゃない。

王女に貴族、マリアにリダの次になるから、良くて五番目。そんな私の所にゼクトが来るのか、考えただけで分かる。

恐らく名目だけの側室でゼクトは私の所には来ない。

普通は三職は、かなりの確率で勇者の側室になる。

だけど、私はチビで童顔だから、ゼクトの好みじゃない。

だから、早々に、そこから外された。

村にいる時から、マリアやリダとは仲が良い。

私は違う。

任務以外ではほとんど話してくれないゼクト。

そんなゼクトが、私を望んだから、頭がおかしくなっていた。

私は賢者だから……本当は常に冷静でいなければならない。

そんな私が色恋に狂った。

『勇者の側室』その地位に目が眩《くら》んだ。

その結果、本当は大切な人を切り離した。

「アホか」

今の私なら分かる。

私はセレスを男の子としては見ていない。

多分『兄』『お父さん』二つを合わせた、存在。それが近い。

手こそ上げないが、家の父はよく暴言を吐き、私やお母さんを怒鳴った。

泣いている私を見つけるとセレスはいつも笑いながら、何かをくれた。

それはお芋だったり、焼き魚だったり、あるいは綺麗な石だった。

『どうした？ 俺には話を聞く事ぐらいしか出来ないけど……話す？ 少しは楽になるよ』

馬鹿か。五歳からこんな話子供がする？

しかも私だけじゃない。お母さんにもだ。

そんな事ばかりしていたから、頭から抜けちゃっていたじゃない。

誰よりも優しくて素敵な人だけど、恋愛から抜けちゃっていた。

馬鹿は私だ。

今のパーティで、私は孤立していたわ。

任務以外の会話には加わりにくい。

そういう時は何時も、外れて本を読むか、寝たふりをするしかない。

そんな私を見かねて話をしてくれたのがセレスだった。

いつも自分の事は話さないで、相槌《あいづち》を打ちながら話を聞いてくれた。

凄く優しい人だ。

優しすぎる人なんだよ……セレスは。

私がいつも寂しそうにしていたから……。

ゼクトが側室にもしてくれない。私が泣いたから……セレスはネックレスを買ってきた。

『メルは可愛いからゼクトが駄目でも、他に良い人が見つかるよ。それでもね、心配なら売れ残ったら俺が貰ってやるから』

そう言ってくれた物だ。

しかも、見た感じ高級な物にしか見えない。

馬鹿で、優しすぎる。

私はゼクトに未練がある。だけど将来を心配していたから、くれたんだ。

本当に馬鹿。

だって、こんな高価なネックレスを付き合いもしない女に渡すなんて。

『売れ残ったら』。それじゃ売れ残らなければ、セレスは只のあげ損《ぞん》じゃない。

だから、つい口から出ちゃったわ。

『だったら……セレスが貰ってくれれば良いじゃない』ってね。

私が貰ってくれって言ったのよ？

そのままキスの一つもするか押し倒せば良いのよ！

だけどセレスは――。

『本当に好きなら、嬉しいけど弱っている女の子につけ込みたくないから、返事はしないよ』

だって。もうどうして良いか分からなかったわ。

そんなにも優しく私を思ってくれていたセレス。

それなのに調子に乗った私は、セレスを傷つけた。

私は馬鹿だ。

もし、ゼクトを選ぶにしてもあれはない。

自分に優しくしてくれた人にしてよい事じゃない。

だからね、決めたの。

もし、セレスが私を欲しいというなら今度はしっかり男女の関係になる。

三人全員がいいなら……それでも良い……。

だけど、もしいるのが嫌なら、引き止めないし、ゼクトを敵にしても自由にさせてあげるよ……。

それが、悲しくて寂しがっていた私に貴方がくれた事への恩返しだから。

セレス……今度は、貴方が自由に選ぶといいよ……。

◆◆◆

この間の話し合いから三日後。

勇者パーティ『希望の灯』はセレスの対応についてどうするかの話し合いを再びしていた。

「それじゃ、皆はそれで良いんだな」

「ああっ、それで構わない」

「私も、それでいいわ、ゼクトがそうしたいんでしょう」

「私は少し違うよ。ゼクトが話してセレスがＯＫしたらの話だよ」

「それなら、大丈夫だ！　あいつなら断らない！」

セレスが断るわけがない。

俺とは違い、あいつは村が好きだった。

こいつらをまるで宝物の様に世話していた。

そんなセレスがこいつらを手に入れられるチャンスを見逃すわけがない。

どうせ、四職だからイチャつく事は出来てもそこから先はない。

そこから先が出来るのは魔王討伐の旅が終わってからだ。その時には、俺は王女を正室に迎え貴族からの縁談も来ている。

問題はない……寧ろセレスに旅の間は、娼婦と遊ぶお金をねだれば良い。

部屋を別にとってやればWIN-WINだ。

顔が緩む。駄目だ、笑顔を漏らしていけない。

俺は何か言いたそうに見つめる三人に悲しそうな顔を作り、謝った。

「俺が不甲斐《ふがい》ないばかりにすまない」と――。

◆◆◆

俺達勇者パーティ、『希望の灯』は近くの教会に来ていた。

怒られるのは覚悟の上だ。魔王城に向かっている勇者パーティの俺達が、引き返すのだから。

「この教会の責任者の司教はいるか？　今日は重大な報告に来た」

ギルドを通して時間が掛かるより、教会に直接報告した方が早い。

冒険者ギルドの話では守秘義務があるからと細かくは教えてくれなかったが、セレスは家事奴隷を買って、本当に田舎《いなか》に向かったようだ。

『大人しく村に帰ってのんびりと田舎生活しながら、冒険者を続けるか、別の弱いパーティでも探すんだな』

言うんじゃなかった。まさかあいつが真に受けて本当に田舎に帰るなんて普通は思わないだろう。

一刻も早く、ジムナ村に向かわないと。

教会の奥から司教らしき初老の男が現れた。

「これは、これは勇者ゼクト様、よくぞいらっしゃいました、聖女マリア様に剣聖リダ様に賢者メル様、全員で来られるとは、重要な話ですかな？」

「ああっ、極めて重要な話だ、セレスを連れ戻しに行きたい」

俺は、これまでの経緯を話し、セレスを追いかけたい。その旨を説明した。

今まで笑っていた司教の顔が引《ひ》き攣《つ》り、怖い顔に変わった。

さっきまでの優しい雰囲気が消えた。

「なりません」

頭ごなしに否定をされた。

だが、俺はここで引き下がるわけにはいかない。

「だが、俺にとってセレスは必要なんだ」

「なりません」

「私から頼んでもだめですか？」

「こればかりは聖女マリア様のお願いでも聞けません」

「そうか、俺は勇者だ、もう良い勝手にさせて貰う」

「ザマール国、国王ザンマルク四世様からも『勇者たるもの停滞や後退は許されぬ、歩を進めろ』と勅命《ちょくめい》を預かっております」

嘘だろう勅命だと！

「だが、俺にとっては……」

「勇者様――っ」

何だ、こいつ急に土下座等して。

「勇者様、どうかどうか、歩を進めて下さい！　お願いします！　お願いですから！」

「だが、セレスが俺には必要なんだ――っ」

「お願いでございます。もしどうしても戻ると言うのであれば、このダイモンを斬り捨ててからお戻り下さい！　斬りなさい！　斬れ――っ」

司教の横でその光景を見ていたシスター達も土下座をして司教に続いた。

「私も……」

「私だって――っ」

その場にいた教会関係者のほとんどが土下座をしこちらを睨《にら》みながら訴えかけてくる。

どうしてこうなるんだよ。

俺はただセレスを迎えに行きたいだけなんだ。

その後はちゃんとする！

「ちょっと待って、何でそんな物騒な事になるの、分かるように説明して」

「メル様……周りを見て下さい！」

教会のなかには教会の関係者以外と思われる一般人もいた。

メルは周りを見て青ざめた顔をしている。

別に貧相な子供と女がいるだけじゃないか。

「これがどうかしたのか？」

「近くの村から逃げて来た者でございます……」

「逃げて来た？」

「貴方は勇者様ですよ。だから文句は言わない。そう決めておりました。ですが、もし勇者様がこの街で停滞などしなければ、恐らくあの村は無事でしたよ。勇者様達がここでまごまごしていなければ、きっと村に立ち寄ってオークの巣の事を聞いて、貴方達は討伐していたはずです。誰も死ななかったはずですよ……」

「そんな……私達は……」

「リダ様、貴方一人でもオークの巣など簡単に潰《つぶ》せますよね。貴方だけでも向かっていたら、この子たちは孤児に、あの女性は未亡人にならなかった。この先に沢山《たくさん》の不幸な人間が貴方達を待っている……貴方達は皆の希望なのです……お願いします！」

「だが、俺達は、この通りなんだ……」

「勇者様や聖女様達が血だらけだったり、汚れていても誰も笑ったりしない！　自分達を守るために汚れた姿を見て笑う者などいませんよ！　もしいたら、教会が罰します……気になるならその都度教会に来て下さい！　何時でも温かい湯に食事、清潔な服に寝床、ご用意させて頂きます！」

「ゼクト、止《や》めよう。私達が悪かったわ」

「だが、マリア」

「駄目だ、よく見ろ、周りを。すまなかった」

「リダ……」

「ごめんなさい、私達が悪かった。救えなくてごめんなさい。ただ仇《かたき》は私達がとるから……それしか言えない」

「賢者メル様。ううっ、ありがとうございます」

「多分、オークはもういない。貴方達の無念はこの剣で魔物や魔族全部に思い知らせてやる……約束する」

「リダ様」

「ほら、ゼクト行くよ」

「ああっ、俺が間違っていた。司教すまなかった、頭を上げてくれ」

「では分かって下さったのですか？」

「ああっ、俺が悪かった。明日にでもすぐに旅立つよ」

駄目だ。

引き返す事はもう出来ない。

第八章◆優しい復讐と奴隷市場

俺、セレスは頭を抱えていた。

ゼクト達なんて恨《うら》んでいない……それなのに何か復讐しないといけない。

周りから見て復讐に見えて、当人達も余《あま》り堪《こた》えない。

それを模索《もさく》しないといけない。

静子さん達と話していると、結構残酷な話になるので、一人で考えた方がいいだろう。

アイデアを求めるのと気分転換を兼《か》ねて、隣の街まで来た。

ここは少し開けていて、王都が東京の新宿位だとすれば、地方都市位までは栄えている。冒険者ギルドもあれば、商業ギルド、教会もある、そして娼館も二〜三軒ある。

何か……良いヒントはないか……。

商業ギルドの掲示板を見ると、

『奴隷《どれい》市場開催中……オークマンの購入相談無料』

そんな張り紙が貼ってあった。

オークマンとは身の丈二百二十センチの大男で、冒険者をしながら、その収入で奴隷を買いハーレム生活を送っている有名人だ。

そう言えば『カズマ兄さんも、カイトさんもシュートさんも、奴隷を買う』って言っていたな。

見に行ってみるか?

俺は奴隷市場を見に行く事にした。

◆◆◆

凄いな。王都の奴隷商人の開催だけあってなかなか大きい規模だ。

だが、時期が悪い。

今は、近隣の村は収穫前、一年で一番金がない時期だ。

この時期に大きなお金は皆、持ってないだろう。

「おい、あんたドラゴンキラーのセレスだろう?」

「確かに俺はセレスだが、ドラゴンキラーってなんだ? ああっあなたはオークマン?」

「がははははっ、俺がオークマンと呼ばれている様にあんたもドラゴンキラーって一部の冒険者に言われているんだよ。いやぁ良かったよ、あんたならお金持っているよな? 冷やかしばかりで困っているんだ。十人位買っていってくれ」

「俺には、一人の妻と三人の婚約者がいる。無理だな」

「何言っているんだ？　たった四人じゃねーか？　俺は十人の妻がいるんだぜ、知っているだろう？　まだまだ増やせる、あんたは稼げる男だ！」

「確かに稼げるが、妻が怖い。死にたくないから」

ヤバい。よく考えたら静子《しずこ》さんとはギルド婚していたけど、後の三人はまだだった。村じゃ届けを出さないでも事実婚で通用するからつい忘れていた。ここに来るなら、一緒に来れば良かった。

「でも……そうだな。俺は駄目だが、購入者を紹介出来るかも知れない、案内してくれるかな？」

「ああっ、暇《ひま》だから良いぜ！」

オークマンに市場を案内して貰った。

結構、いい子が沢山《たくさん》いる。

「随分《ずいぶん》、若い子もいるんだな」

「まぁな。可哀《かわい》そうに親に売られたんだろうな。奴隷を買うという事は彼女達を助けるという事なんだぜ」

「そうか、そういう面もあるんだな」

「ああっ、だから人助けだと思って買ってやれ」

「そうだな。あれ、エルフやダークエルフは高額なはずだろう？　何で安いんだ」

「ああっ、あれは高齢なんだ。エルフは二百歳超えても見た目は分からないからな、エルフが高いのはその美貌だけじゃない。代々の家の財産になるから価値が高い。あの金額だときっと寿命があと三十年位のはずだ。その証拠に、生体保証がない」

「生体保証？」

「ああっ王都の奴隷商の場合は、病気や体に異常があって死んだ場合三年以内に、国家資格のある治療師の診断書を出せば同金額の奴隷を無償《むしょう》で貰えるんだ。その保証がないからかなり高齢だな。もっともエルフの中で婆さんというだけで、通常は三十年以上生きるから、元は取れる。ただ匂いに敏感なら加齢臭は凄いがな」

「三十年生きるなら人間として考えたら充分だな」

「そうだろう？　人族の寿命が五十年と考えるなら、残りの寿命だけを考えたら二十歳《はたち》位の人族を買うのと同じだ。エルフ好きなら最高だぜ」

「確かに。あとあそこにいる、貴族令嬢みたいな子は。あれっ、これも思ったより安いな」

「貴族令嬢っていったら、役立たずの定番だぜ。家事も出来ない、教養を持ち出して人を馬鹿にする。それに貴族とはいえ、こんな所で売られる奴の多くは王族や大貴族を怒らせた奴ばかり。厄介《やっかい》もんだぜ」

「なんだか、俺の常識が全部否定されているようだ」

「だろう？　知らないと結構、損《そん》をする事も多いんだ」

「分かった。そうだな、手付金を払って予約とか出来るかな？　もし購入しなかったら返さないでよいから」

「ああっ出来るぜ。余程の高級な奴隷じゃなければ銀貨二枚で十四日間は取り置き出来るぜ」

「それじゃあ……」

俺はオークマンと一緒に奴隷市場を回り、何人かの奴隷の予約をした。

「なんだかんだ言って随分買う気まんまんじゃねーか」

「まぁな」

これなら……多分、大丈夫だ。

◆◆◆

俺は村に帰って来た。

その足で村長のナジム様の家に向かう。

「どうした？　セレス、何か用か？」

丁度良い、ナジム様の他に二人の相談役カジナさんとカシムさんもいる。

「ナジム様、ちょっと孫のつもりで話していいですか？」

「あぁっ構わんよ。お前は本当に孫だと思っている、カジナにカシムも良いじゃろう」

「儂《わし》は構わんよ」

「儂の家の手伝いもようやってくれた、儂も構わぬ」

これからする事は、ナジム様たちを絡《から》めた方が良い。

そうしないと問題が起きる可能性がある。

「じゃぁ孫として話すよ。爺《じい》ちゃん達はまだ性欲はある？」

「何じゃ……まぁ、よい。流石《さすが》にないわい」

「儂らもな。……なんじゃ嫌な事聞くのう」

「まぁ寂《さび》しいもんじゃ」

だろうな……もう良い歳《とし》だ。

「そうですか。実は皆にプレゼントがあるんだ」

「プレゼント？　何をいまさら、セレスには何時《いつ》も貰っておる。もう充分じゃ」

「んだな」

「村に帰るたびに金貨もろうとる。悪いわ」

「多分、もう少ししたら俺達はこの村を離れようと思うんだ。そうしたら後の皆が心配なんだ。

そこで奴隷をプレゼントしようと思っているんだ。皆、子供も巣立って妻もいない。本当に心配なんだ」

「お前は……本当に。それで聞いたんだな。ありがたいな老後の世話はどうするか。何時も考えていた。すまない……助かるわい」

「気を使わせてすまんの……助かるわ」

「ほんに、本当の孫や息子すら、こんな孝行せん、ありがたい」

「それじゃ、明日隣の街に行きましょう。実は目ぼしをつけて予約してあるんだ。それじゃよろしく」

「「ああっ、ありがとう」」

近くで花瓶を磨《みが》いているセクトールおじさんと目が合った。

「セクトールおじさん、貴方《あなた》もだよ」

「俺も……良いのか？」

「まぁね、今回は世話になった人全部だから……」

「ハァ～お前は本当に俺の家族みたいだな。ゼクトだってこんな事してくれん」

「気にしないでいいさ」

俺はそれだけ伝えてナジム様の家をあとにした。

◆◆◆

次に来たのは食堂カズマだ。

「カズマ兄さん」

「なんだセレスか。どうした？　金なら返したろう？　すまなかったな」

「そんなのはいいんだ。隣の街で奴隷市場が開かれているんだけど、買いに行かないか？」

「そうしたいが、資金を考えたらな」

「何言ってるの？　カズマ兄さんに金を返して貰ったから俺が買うよ。実はカズマ兄さんの好みの女性を予約しているんだ。明日行かない？」

「そういう事なら、明日は店は休みだな。なんだか気を使わせたみたいですまないな」

「良いんだよ。もうじきここを離れるから、少しカズマ兄さんに孝行がしたい。それだけだ」

「そうか。お前は俺にとって兄弟であり、息子みたいなものだ、王都の店が上手くいったら食べに来てくれよ」

「必ず行くよ」

「ああっ待っている」

俺はカズマ兄さんに仕込みの邪魔にならないように要件だけ伝えてその場をあとにした。

◆◆◆

次はカイトさんだ。今の時間はきっと畑を耕《たがや》している。うん、いたいた。

「カイトさん」

カイトさんは畑仕事を止めこちらを振り向いた。

「なんだセレス、まだようか？」

「カイトさんは若い後添《のちぞ》いが欲しい。そう言ってましたね」

「おう……」

「明日買いに行きましょう」

「おいおい、儂は金は預けてあるんだ。明日じゃ間に合わん」

「何言っているんですか？　そんなの俺が出しますよ」

「何故じゃ、儂はそこまでして貰う事はしとらん」

「サヨさんを譲って貰いましたし。それに、カイトさんは俺の親父《おやじ》みたいなものだ。多分、俺は暫《しばら》くしたら四人を連れてここを出る。次はいつ帰って来るか分からない。独り身のカイトさんが心配なんだ」

「本当にお前は、良い奴じゃな。娘のメルなんて仕送りもせん」

勇者パーティじゃ難しいよな。

「そうですか」

「ああっ親不孝者じゃ、よっぽどセレスの方が孝行ものだ。ありがたく好意を受け取ろう」

「それじゃ明日の朝、村長の家の前で待っています」

「おう……必ず行く」

それだけ言うとカイトさんは再び畑仕事をはじめた。

◆◆◆

最後はシュートさんの雑貨店だ。

「シュートさん」

「いや、セレスくん、今日はどうした？」

「シュートさん、実は隣街で奴隷市をやっているんですよ」

「へぇ～そうなのかい？　確かに奴隷を買うつもりだけど、少しね」

「実は、そこで貴族の娘を見かけたんですよ。頭も良さそうだし、絶対にシュートさんにお似合いですよ」

「本当かい？」

「はい、あっお金の事は気にしないで下さい。子供の時からお世話になっていましたから、俺が出しますから」

「いいのかい？」

「勿論《もちろん》」

これで良い。これで、誰も傷つかない方法で復讐みたいに見せかける事が出来る。

きっと、静子さん達も納得してくれるはずだ。

いや、してくれるといいな……。

◆◆◆

静子さん達に明日は皆と出かける旨を伝えた。

「セレスくん、一体どこに出かけるの？」

「セレス、どこか出かけるなら、私も行きたい」

「セレスさん、街に行くなら私も駄目かしら？」

「セレスちゃん、私も行きたい」

四人とも心配そうな顔でそんな事を言い出した。

「明日は、皆も一緒だから、多分嫌な思いしかしないと思うから。実は、以前から考えてる復讐なんだけど、俺なりに考えてみたんだ。全部終わったら、しっかり報告するから。任せて欲しい」

「そういうことなら仕方がないわね」

「セレスが納得する方法で蹴《け》りをつけるならいいけど……手ぬるかったら文句は言うわよ」

「そうねセレスさん、優しいから心配だわね」

「セレスちゃん、まぁ頑張ってね……優しくなんてする必要はないからね」

本当に大丈夫だろうか？

手ぬるいとか怒られないだろうか？

あんな一瞬でセクトールおじさんの髪の毛が真《ま》っ白《しろ》になったんだ。

生易《なまやさ》しい事じゃ無理だろうな。

◆◆◆

翌日、約束の時間になり村長のナジム様の家に向かった。

余程《よほど》待ち遠しかったのか、全員が揃《そろ》っていた。

凄いな。時間にルーズなシュートさんまでいる。

シュートさんはいつも最低でも三十分は遅れてくるのに……。

そこまでするのは性欲なのか、まだ見ぬ愛への憧《あこが》れなのか……まぁ良いや。

ナジム様の家にはかなり豪華な馬車も止まっていた。

「馬車で行くんですか？」

「ああっ、帰りには嫁も一緒なんじゃから必要じゃろう？」

「そうじゃろう」

「この位はこちらが用意しなきゃ恰好《かっこう》がつかん」

ナジム様たち、張り切っているな。この大型馬車はどこから借りてきたんだ。

かなり豪華な馬車だ。

この村の中だけで言うなら、村長は王様で、相談役は貴族みたいな物だ。

王様に公爵に侯爵がいるようなものなので、何時もは何かとやかましい四人も静かにしている。

カズマ兄さんですら、余《あま》り喋《しゃべ》らない。

俺は御者席に座ろうとしたが――。

「お前ら、何をしているんじゃ。今日のお金はセレスが払うんじゃ。それなのに御者までさせるんか？」

「儂がやります」

流石のカイトさんも、村長と相談役二人の前じゃ、こんなもんだ。

「そういえば、儂らの嫁はどんな人を用意してくれたんじゃ。まぁこの齢じゃから、流石に文句は言わんが、気立ての良い人だと良いな」

「なぁに気立てが良ければ文句は言わん」

「そうじゃな。この歳じゃから、器量が悪くても文句は言わんよ」

三人とも、もう性欲がない。

だからこそ、あの子達と相性が良さそうだ。

「大丈夫ですよ、村長達にお似合いの人達ですよ。それで今回のお話なのですが、奴隷と言っておいてなんですが『奴隷紋』は刻《きざ》まない方針で考えているのですが如何《いかが》でしょうか？」

「何故じゃ⁉　まぁ儂らはそんな物どうでも良いが」

「奴隷を買うというより、皆に嫁さんを世話した。まぁ俺の気分の問題です。ああっ、ちゃんと、所有権の書類は貰います」

「なら構わんよ。なぁ」

「そうじゃ、嫁じゃな」

「それで構わんよ」

村長達にも見栄があるのだろう、出来ないのに『嫁』だ。

しかし、本当に他の四人は何も話さないな。

「カズマ兄さんや他の人達にもちゃんとした人を用意しているから。まぁ今の話の通り、お見合い気分で楽しみにしていてよ」

「セレス、どんな人なんだ？」

「セレス、儂にはどんなタイプ」

「僕は、大体聞いたから……まぁ楽しみだよ」

「俺は、鉱山からも救って貰ったから……若けりゃよいさ」

「皆には、お似合いの女性を用意したから、安心して。お見合い風にする予定だから、もし気に入らなかったらチェンジも考えるから気楽に考えてね」

「「「楽しみだ」」」

気が付くと馬車は街にたどり着いていた。

◆◆◆

「よく来たなセレス」

上客だからかオークマンが奴隷市場の入り口で出迎えてくれた。

「オークマン、今日は宜《よろ》しく頼むよ！　しかし暇《ひま》そうだな」

「がははは、本当にな。季節を間違えた。奴隷商は頭抱えていやがる。だからこそ、今回沢山の奴隷を買おうというお前には、全面協力だ！　そこの大きなテント、二つは自由に使ってくれ」

「ありがとうな」

「いいって事よ。それじゃ、最初はあの三人を連れて来れば良いんだな？」

「ああっ、頼むよ」

「任せろ」

「それじゃ、ナジム様にカジナ様に、カシム様は、こっちのテントに……それ以外の人はあっちで待機して下さい」

「ほう？　トップバッターは儂達じゃな」

「見合いみたいで緊張するな」

「婆さんの時以来じゃ」

この三人は意外にも愛妻家だった。

実際の所は分からないが一人の女性と結婚をして最後まで添《そ》い遂《と》げた。

まぁ、奥さんに恵まれたのもあるだろう。

それに、もう枯《か》れている。だからこそ、彼女達がお似合いだ。

「連れて来てやったぞ、ほら、挨拶だ」

「ナジです……」

「スルトです……」

「テレアです……その方達が先日話していた方ですか？　本当にそうなのですか？」

「あの時は、あくまで予想だったが、確認したから大丈夫だ」

爺達《じじい》三人じゃなかった。ナジム様達は三人に見惚《みと》れている。

「ナジム様、相談役……挨拶、挨拶しなくちゃ失礼だろう？　いくら奴隷とはいえ、俺は『嫁』として彼女達を買うつもりだから」

「ああっ、まさかこんな綺麗な方だと思わなかった……セレスお前は儂を殺す気か！　初めましてお嬢さん、儂はナジムじゃ」

「同じく三長老が一人カジナじゃ」

「同じくカシムじゃ」

何だ？　三長老？　そんなの聞いた事もないぞ。

気のせいか後ろが爆発して見える。さらに今日のナジム様はイケメン三割増しだ。

「お嬢さんだ何てそんな……私恥ずかしいわ」

「多分、私の方がお姉さんですよ」

「うん、そうだよ」

村長達が驚くのも無理はない。

彼女達はエルフなのだから。

「なぁ……セレス、本当にエルフを儂に贈ってくれるのか？　次の村長に指名して欲しいん

か？　よし、次期村長はお前じゃ‼」

「そうじゃのう。セレスで良いだ」

「儂もセレスじゃな」

「あのさぁ。俺は、村長なんかの椅子に興味はない。孫みたいな者でしょう。死んだ後の悲しい話はしないでくれ。もしお返しがしたいなら長生きしてくれよ。それ以外は要らない」

「「「セレスや－‼」」」

　ナジム様達に泣かれても困ってしまう。

「この三人は間違いなくエルフだけど、ナジム様達が思っているような高額じゃないよ。エルフって歳をとっても見た目は若いままなんだ。それに皆が皆、辛い過去を抱えている。きっとナジム様達なら仲の良い茶飲み友達にもなれるし、気も合うと思うんだ。どうかな？」

「お嬢さんは儂みたいな爺《じじい》でよいのかのう」

「私は、貴方よりお婆《ばあ》ちゃんですよ。それに凄く魅力的です」

「儂は？」

「私から見たら可愛《かわい》いくらいです」

「儂もかな」

「はい！」

　ナジム様達が照れている。

どうやら上手くいったようだ。

彼女達エルフは綺麗《きれい》だからどうしても『性の対象』にされてしまう。

いくら美しくても心は老婆なんだ。

もしエルフの里にいたら長老と呼ばれ茶でも飲んでいる婆ちゃんだ。

そんな彼女達が、死ぬまで男に抱かれ続けるのは苦痛なはずだ。

だから枯れている三人がベストというわけだ。

歳相応の老人同士、きっと上手くいく。

ジムナ村は田舎《いなか》で緑も多い。エルフの彼女達の老後には良い場所だ。

奴隷ではなく『嫁』と馬車で俺は話した。

子供だった俺に優しくしてくれた、爺ちゃんに似合いの婆ちゃんを紹介した……そんな感じだ。

六人で楽しく話し合い――。

ナジとナジム様が、スルトとカシム様が、テレアとカジナ様という組み合わせで決まった。

三人は好みが被《かぶ》らないから楽だな。

「セレス、お前は村の誇りじゃよ」

「お前は儂が一番欲しいもんをくれた。儂の目が黒いうちはなんでも相談に乗るぞ」

「儂もじゃ。なんなら三人目の相談役になるか？」

「ははは、気にしないで」

さらっと言っているけど、これは凄い話だ。

村社会で相談役には、村長以外逆らえる人間はいない。

それを冗談でも持ち出すなんて、よほど嬉しかったんだな。

「セレスさん、本当に下心のない方をありがとうございます」

「理想の殿方です」

「本当にお世話になりました」

「うん。良かったね、幸せになりな」

「「はい」」

幾ら寿命が残り少ないとはいえ、エルフは村長達より長生きするだろう。

村長達もきっと彼女達に亡くなった後財産が行くようにするはずだ。

幸せな老人カップルの誕生。良かった、良かった。


静子さん達には――。

「村長や相談役に『エルフの奴隷の妻』を与えてやった。ゼクトはエルフが好きだったが、勇者だから亜人を妻に出来ないから死ぬほど悔《くや》しがるし、見たら泣くぞ」

そう言えば良いさ。

◆◆◆

早速、オークマンを通して奴隷商人に支払いをすませ書類を貰った。

ナジム様達には、折角街に来たのだから、少しの間買い物を楽しんで貰う事にした。

ちなみに彼女達の新しい服は――。

「がはははっ、沢山買って貰うからサービスだ」

とオークマンがサービスしてくれた。

誰にも許可を取らないでサービス出来るのか。流石、オークマン。事奴隷に関しては顔がきくな。

エルフと手を繋《つな》いで出て行く、三人の爺さん。

傍から見たら、さぞ羨ましく見えるだろう。

大きなテントの方に顔を出すとシュートさんが興奮気味に迫ってきた。

「ナジム様や相談役の相手は決まりましたか?」

「ああっ決まって、今は街に遊びに行って貰ったよ」

「そうかい、それじゃ次は僕の番に決まったから、宜しくね」

何でも俺がナジム様たちのお見合い？　をセッティングしている時にじゃんけんで順番を決

めたのだそうだ。

「それじゃ、次はシュートさんだね、用意が出来たら呼ぶから少し待ってて！」

「うん、宜しく頼むよ」

「任せておいて」

◆◆◆

テントを出ると心配そうにオークマンが俺に声を掛けてきた。

「なぁセレス、本当に良いのか『貴族令嬢』って奴はなぁ……確かに綺麗だが……」

「ああっ、この間、話は聞いたよ、『役立たずの定番で、家事も手伝わないし教養を持ち出して人を馬鹿にする』だっけ、そして『王族や大貴族を怒らせた奴』だったよな」

「知っているなら、普通は村人に勧《すす》めないぞ」

「ああっ、それなら大丈夫だ」

だって、シュートさんが自ら望んだ理想のタイプだ。

後で文句なんか言わせない。

村だから領主様位しか貴族とは付き合いがないから、他の貴族と関わる事もないだろう。

それに、シュートさんは村人とはいえ聖女であるマリアの父親。

万が一が起きても相手だって少しは躊躇《ちゅうちょ》するだろう。

「本当に良いんだな？　まぁ器量の良さと知識だけは保証するが……犯罪奴隷だぞ」

「別に良いよ」

本当に復讐なんて考えていない。

わざと、変な人間を選んだわけじゃない。

ただ、本当にシュートさんに似合いだと思っただけだ。

◆◆◆

時は少し遡《さかのぼ》る。

「本当に貴方が私を買うつもりなのですか？」

普通に考えて彼女を買う人間はまずいない。

もし、買う人間がいたとしたら貴族で、敵だった人間が『拷問《ごうもん》して殺すため』に買う位だろう。

何しろ彼女は『上級貴族の令嬢』を殺している。

「実際に、君と過ごすのは俺じゃない……知り合いだ」

彼女の顔が真《ま》っ青《さお》になる。

「やはり、そう来たのね！　他の人に買わせてから引き取り、辱《はずかし》めに合わせ、拷問の末に殺す……あははは、これで終わったわね」

犯罪奴隷に落とされたという事は法的に『罪は償《つぐな》った』事になる。そこからは本来相手側は手出しが出来ない。勿論、その奴隷を買う事も出来ない。だが抜け道として他人に買わせて手に入れる、そういう方法がある。それを彼女は言っているのだろう。

「俺は、そんな事はしない、確かに代理人だけど、君を嫁にする人は三十歳位のただのおじさんだ」

「本当ですか？　私を殺しに来たんじゃないのですか？」

「君に紹介する人間は……村では知識人で通っている。根は良い人だと思うんだが……凄く癖《くせ》のある人物でね。出来る事なら君にどうにか人格の修正をお願いしたいんだ」

シュートさんは、少しひねくれているが、悪い人じゃないと思いたい。

ただ、あの自己中な考えはいただけない。

代々村に住んでいる。だから『いけすかない奴』ですんでいるが――なにかと孤立気味だ。

このくらいの相手の方が良い。

「私は人を殺していますのよ？　しかも相手は大貴族です」

「貴族の世界は謀略の世界。皆は見える所しか見ていないが、それは当たり前の世界だよな？　目的を達成したのは素晴らしい事だ。ただ『ばれた』。それが失敗だ。十四歳にしては素晴らしいと思うよ、多分隠ぺいに失敗しなければ家にプラスになった行為なんだろう」

「随分と理解がありますね……理由は言えませんが、その通りです。私、貴方が気に入りましたわ、貴方の妻にはなれませんの？　『何でもしますわ』」

「あははっ、ごめん嬉しいけど、俺はもう妻がいるから駄目だ。どうだ？　引き受けてくれないか？」

「ふぅ～奴隷に命令じゃなくて頼むのですね。貴方は命の恩人ですから引き受けますわよ。あと、私の主人に成《な》る方にはこれは内緒に。そういう事ですわね」

「そうしてくれると助かる」

「命の保証はしますが、私『鞭《むち》つかい』ですのよ。直せというなら本当に直しますが。結構相手は辛いと思います。あと薬も使います。勿論、恩人との約束ですから『毒』を使って殺したりしませんけど。場合によっては少量使って……」

悪役令嬢。

そんな言葉が頭に浮かんだ。

「構わないよ」

「貴方は本当に優しい人ですね。私が敵対していた貴族に買われる。もしくは貴族令嬢だったのに、生涯娼館落ち。それが分かっていたから選んだのでしょう。困らせるからもう言いませんが『貴方が理想』です。ですがそれは叶わない。拷問より娼館より、ましな人生をありがとう」

同情したのは本当だ。

だけど、そこまで思われる事はしていない。

「奴隷紋は刻まない約束だから、充分に躾《しつ》けて欲しい。手に負えなくなったら逃げだすのもありだ」

「どこまで……まぁ良いですよ。頑張ってみますわ。死ぬ事はあっても、直らない、そんな事はありませんからご安心下さいね」

「命は保証してくれるんだよな」

「言葉のあやですわ。お任せ下さい」

「頼んだよ」

シュートさんにはこの子が一番お似合いだ。

◆◆◆

「連れて来たぞ」

オークマンがシュートさんのために用意した奴隷を連れて来てくれた。

「シャルロットと申します、宜《よろ》しくお願いしますわ」

シャルロットさんはスカートを優雅につまみあげた。

シャルロットさんが笑顔で挨拶をしただけなのに、シュートさんは顔が真っ赤になった。

「この子、この子が僕の相手……本当に妻になってくれるのかい？」

「御眼鏡《おめがね》にかなったかな？」

「かなうも何も……まさに理想の子じゃないか？　僕は君を友人とも息子とも思っていたが……今日ほど君が……素晴らしいと思ったことはない……親友だ」

「シュートさん、感動してくれるのは嬉しいけど挨拶をしないと」

「そうだったな……シュートです。宜しくお願いします」

「私の方こそ宜しくお願いいたします」

シュートにとって憧れの貴族令嬢。そしてシャルロットさんは助かった。

どちらにも良い事ばかりだ。

静子さん達には『性根を叩きなおすような人を選んだ』。

そう言えば、大きな問題にならない。

もう一つの理由もちゃんと説明すれば復讐と考えてくれるはずだ。

まぁ、頑張れ……シュートさん。

◆◆◆

シュートさんには長老達と同じように二人で買い物に出かけて貰った。

「これで四人目だ、本当に助かった」

オークマンが笑顔で話し掛けてきた。

「いや、サービスして貰っているし、テントまで貸して貰って本当に助かったよ」

「沢山買って貰っているんだ。服くらいサービスさせて貰うぜ」

しかし、オークマンは奴隷商に凄く信頼されているんだな。

ほぼ今回の仕切りは全部オークマンがやっている。

『奴隷ハーレム冒険者』の肩書は伊達《だて》じゃない。

昔の勇者パーティに一時期入っていたから複数婚の資格を貰った。そして追い出された。

まるで俺みたいだな。

俺は静子さん達に走り、オークマンは奴隷に走った。

少し違いはあるが、親近感が湧くしゼクト達より仲良くなれそうな気がする。

「それじゃ、次を連れて来るよ」

「あぁっ、任せておけ」

そう言うとオークマンはテントから出て行った。

◆◆◆

「シュートの奴の相手は決まったのか？　どんな奴じゃ」

テントに戻るとカイトさんが、すぐにこちらに話しかけてきた。

全員テントに戻らず買い物デートをしているから気になるのかも知れない。

「まぁカイトさんの好みじゃない、それだけは言えますね、シュートさんに似た感じ……」

「青瓢箪《あおびょうたん》に似ているなら、儂の好みじゃないからええ」

「分かっていますよ、カイトさんの好み。大柄で働き者でボンッキュッボンですもんね」

「流石はセレスじゃ、よく分かっておる。頼んだぞ」

「頼まれました」

◆◆◆

次のセッティングに入ろうとすると、オークマンがまたもや心配そうに話しかけてきた。

「なぁ、セレス、本当に良いのか？　これは酷《ひど》すぎると流石に思うぞ！　傭兵なんて……冒険者ならともかく、村人の相手には普通は選ばんだろう？　しかもこいつは……」

「『人を殺している』……だろう？　それは任務だから仕方ない。冒険者だって盗賊の討伐を受ければ殺す」

「ああっ、だが……一般人がそれを受け入れるか？」

俺がカイトさんの相手に望む事は『カイトさんと殴り合い』が出来る女性だ。

カイトさんはよく暴言を吐くが、それで止《とど》まるのはサヨさんが従順なタイプだからだ。

もし、普通の女性だったら手が出るはずだ。

つまり、カイトさんの嫁になる人間に望むのは『働き者でボンッキュッボン』そして『殴り合いが出来る』そんな人間が必要だと思う。

俺は、それをしなかったが、冒険者や騎士なら殴り合いの延長線上に恋や友情が芽生《めば》える事がある。

カイトさんに必要なのは、そんな付き合いが出来る女性だ。

◆◆◆

時は少し遡《さかのぼ》る。

「あんたが、あたいを買おうって言うのかい？」

彼女もまた買う人間が限られる。

傭兵で暴れ者だと、トラブルの原因になりかねない。

もし、奴隷紋で縛っても発動より先に殺されてしまっては意味がない。

熟練の傭兵や冒険者が武器を持っていたら……間に合わない場合もある。

だからこそ、こういう奴隷を持つなら『自分もある程度の実力者』じゃないと危ない。

恐らくは彼女くらいの女性を奴隷として選ぶ冒険者はD級以上だろうし、貴族や騎士は『傭兵風情』と馬鹿にして買わない。

実に、買い手に困る存在だ。

まぁ、オークマンの受け売りだがな。

「まぁな、だが、君と一緒に生活するのは俺じゃない」

「なんだぁ～お前じゃないのか？　あんた、結構あたいの好みなんだけどなぁ……まぁいいや？　それで何であたいなんだ？」

「ああっ、結構粗暴《そぼう》な人でな口が無茶苦茶悪いし、もしかしたら暴力を振るうかも知れない」

「なんだ、そいつ最低な奴じゃないか？」

「ああっ、だが、心根まで悪いとは思えないんだ。俺は孤児だったんだが、自分の子みたいに接してくれた。優しい面もある」

「成程《なるほど》ね。それであたいは買われた後はどうなる？　傭兵しかしてないんだぞ！　戦う事しかあたいは知らねー」

「それについて聞きたかったんだ。俺があんたの相手に選んだ人間は腕っぷしは強いが、農民だ……農業やってみる気はないか？」

大雑把《おおざっぱ》で投げやりに思えるが、こいつは妙に人を引き込む魅力がある。

気が付くと俺は、最初は『君』と呼んでいたのに『あんた』に変わっていた。

嫌な言い方だが、冒険者でもなく傭兵になるって事は、元が貧《まず》しくてそれしか生きる道がなかったはずだ。

だれも好き好んで『死』が付《つ》き纏《まと》う傭兵になんかならないだろう。

「あんたさぁ、あたいに『戦い』以外の生き方を望むのかい？　そんな奴はいなかったよ……。

あたいに他の奴が望むのは『戦い』と『体』だけさ」

「あの……あんた幾《いく》つなんだ」

「十四歳だ。それがどうかしたか？」

十四歳。その年齢で、こんな話になるんだ。かなりの過酷な人生だったんだろうな？

「ああっ、悪いな……それで、何で、あんたは奴隷に売られたんだ」

「ああっ、あたいは馬鹿だから仲間に騙《だま》されて売り飛ばされた。散々、戦わされて、夜も相手してやって、最後は、ぽいだ」

「そうか。なぁ、あんたに紹介する相手なんだが、三十歳位のおっさんだ。恐らく、口も悪いし、手も出す。そういう人間だ。だが一つだけ言えるのは『殺し合い』の世界じゃない、平和な世界で暮らせる。それだけは約束出来る。どうだ？」

「あのさぁ、あたいは傭兵だったたから手を出して来たら、ぶん殴るよ？　流石に命までは取らないけど……」

「それで良いんじゃないか？　本当に優しくて根は良い人なんだ、ただ……」

「不器用な人……そう言いたいのか？」

「そう、それだ」

「まぁいいさぁ。あたいは不器用な奴や頑固な奴は嫌いじゃない。ここにいるよりましだし、また買われて戦いの日々も嫌だ。少しまともな人生が送れるならそれで良い。傭兵やり続けていつか死ぬ人生よりはましだ」

「ああっ助かるよ」

「それで、あたいは、その暴言や暴力癖を直せば良いんだな？」

「ああっ、そうしてくれ……あと過去は極力仲良くなるまで」

「ああっ内緒にしとくんだな。分かった。まぁ、あたいが傭兵流のやり方で、叩き直してやるよ」

「ああっ、お手柔らかにな。あと、村人として新しい事を沢山勉強すると良いぞ」

「なんだか、経験者みたいだな」

「ああっ、俺は元孤児だ。もしあの村に生まれなければ、あんたと似たような生活を送っていた。あの村は弱い人間に優しい。きっと新しい事が沢山見つかると思うぞ」

「そうか？」

「直せなかったり、つまらない。そう思ったら逃げ出してくれて構わない」

「あんた、滅茶苦茶だな。いいのかよ、それで」

「ああっ奴隷紋で縛ってないから、逃げたくなったら逃げていい」

「あたいはこれでも約束は守る。いいぜ、その男が暴言を吐かない、暴力も使わない。そうしてやるよ」

「ああっ頼む」

「あんた、セレスだろう？　確か勇者パーティの？」

「元な……」

「それじゃ、戦士と戦士の約束だ」

「ああっ頼んだよ」

「初めて会ったが、あんたはあたいの憧《あこが》れだった。まぁ仲間への誘いじゃないのは残念だけどな。絶対に約束は守るから」

傭兵は皆が思っているほど、粗暴じゃない。

荒くれの様に見えて、自分なりの矜持《きょうじ》がある。

カイトさんにはお似合いだと思う。

◆◆◆

「連れて来たぞ」

「はじめまして、あたいの名はエレノールだ」

ビシッと背筋を伸ばした綺麗な挨拶だな。

「セレス……凄くめんこいじゃないか？　スタイルも良いし、働き者そうで……気に入ったぞ」

「気に入って貰えたかな」

「ああっ気に入ったとも、まさか自分の息子みたいに思っているお前に嫁を紹介されるとは思ってなかったぞ」

「カイトさん、それより挨拶」

「ああっ、儂の名前はカイトじゃ、宜しくな」

「こちらこそ、宜しく」

もし揉《も》める事があったら、思う存分殴り合ってくれ。

多分、カイトさんには気の弱い嫁は向いてなかったんだ。

気が強くて殴り合いの出来る。そういう人間じゃないと駄目だったのかも知れない。

多分、上手くいく。そんな気が俺はする。

サヨさんや静子さんには暴力が通じないくらいの相手を選んだ。

そう言えば、多分大丈夫だ。

◆◆◆

カイトさん達にも街に遊びに行って貰った。

「しかし、まぁ随分と変わった奴隷ばかりを紹介するんだな。しかも適格だ、セレス。お前本当に奴隷を買ったことはないのか？」

オークマンがそんな事を、呆れた様な不思議な者を見るような、驚いた顔で言ってきた。

「ないな」

今回は偶々《たまたま》、親しい人達だから傾向が分かるだけだ。

見知らぬ相手じゃこんな事は出来ない。

「セレス、それじゃ次の子を連れて来る」

「ああっ、頼むよ！　オークマン」

オークマンは再びテントから奴隷を連れて来るために出て行った。

◆◆◆

「あのよ……セレス、本当に俺まで良いのか？」

どうやら次はセクトールおじさんらしい。

そわそわしながら、テントの入り口に立っていた。

「ああっ、別に構わないよ、これだけ周りに世話をしているのにセクトールおじさんにだけ紹介しないわけにはいかないでしょう」

「ああっ、だが俺は静子を奴隷として売り飛ばし、財産を使い果たした挙句《あげく》、税金が払えず鉱山に送られた。その税金を肩代わりして貰っただけでも悪いのに、嫁まで。本当に良いのか？」

「ああっ、そうなる前のセクトールおじさんは、良い人だった。新しい嫁には、昔俺にしてくれたように接してやってくれ」

「ああっ、分かった。必ずそうしよう。約束だ」

「それじゃ、少し待っててくれ」

◆◆◆

「なぁ、セレス本当に良いのか？　今までの奴隷はともかく、これは……最悪の奴隷だぞ！　主人の資質が試《ため》されるんだ。余程《よほど》愛し続ける自信がなければこの獣人は手にするべきじゃない。俺だって避ける相手だ」

オークマンは心配性だな。

勿論、そんな事は分かっていて俺は彼女を選んだ。

獣人の中でも、最も嫉妬深い獣人。それは犬系だ。

他の獣人はほぼ野生だからか執着心が薄い者が多い。

だが、犬系の獣人は、狼系の獣人の強さに目をつけた魔族や人族が躾《しつ》けや改良をして従順になる様に作った。そういう伝説もある。

半人工的に作られた彼らは長い年月を掛け、主人に従順になる様にされた。

その時に、意図せぬ感情が彼等に芽生《めば》えた。

それが『嫉妬《しっと》』だ、主人に対して従順な代わりに、他の者を可愛がろう物なら、大変な事になる。

最悪な場合は、主人へ過激な暴力を振るう事すらある。

故に『単独でしか奴隷』にしにくいとされる。

まぁ、稀《まれ》に多数引き連れている場合もあるが、その場合は元から兄弟だったり、元の犬獣人と引き合わせ相性が良かった……そういう可能性が高い。

犬系の奴隷を手にするなら『一人の女性しか愛さない覚悟が必要』だ。

そして、その中でも一番厄介なのは『チワワンという種族』だ。

この獣人は忠誠心が高く、主人のためなら竜種すら恐れない。

その反面、独占欲は異常なほど強い。

だが、獣人族の中でも、各段と可愛い。

浮気さえしなければ、綺麗な美少女が命がけの忠誠を示してくれる。

最高だよな。

セクトールおじさんにはうってつけだ。

◆◆◆

時は少し遡る。

「お兄さん、私を買ってくれるの？」

「ああっ、俺じゃなくて別の人に紹介するつもりだ」

「ああっ、そうなんだ。私がどういう種族か理解して買うならそれで良いよ。ただ私は……」

彼女はそこで、目を伏せて言い淀《よど》んだ。

「聞いたよ、前の主人とその恋人に大怪我をさせたんだろう？」

「まぁね。私はさぁ『自分が常に一番愛された状態』じゃないと駄目なんだ。それさえ守ってくれれば良いよ。それさえ守ってくれれば、夜伽《よとぎ》だって、戦闘だって凄く役に立つと思う」

「まぁ、夜伽はともかく、戦闘はないな、相手はただの村人だから」

「へぇ～村人なんだ。それで大丈夫なのかな。浮気とかしないかな」

「すると思う」

「それ、不味《まず》くない？　多分、私暴れちゃうし、噛《か》んだり殴るよ」

「それで良いんだよ。浮気癖を君に直して貰いたいんだ。あと出来たら他の悪い癖もね」

「え～と大丈夫かな？」

「大丈夫だよ。君達は本当は凄く優しいよね。君達犬族の獣人が本気で暴れたなら、手足は食いちぎられ、首なんて簡単に折ってしまうだろう？　冒険者でも余程上級じゃなければ殺せる力がある。確かによく暴力的だと言われているけど、死人が出ない。これは君達が優しいからだと思う。実際に話で聞く限り前の主人も命に別状はなかったしな」

「なんだか、凄く私達の事に詳しいし、理解してくれているんだね。お兄さんが私を買わない？　私愛してくれるなら凄く尽くすよ」

「凄く嬉しいけど、俺は嫁持ちだから無理だな」

「そうか、まぁ良いや、どうせ私は種族的に買い手がつきにくいから、このままだと鉱山送りだもん。この話は内緒にして浮気しない様にすれば良いんでしょう?」

「ああっ頼むよ。奴隷紋も刻まない様にするから、思う存分、浮気したら殴って構わないし……どうしようもなくなったら逃げ出しても構わない」

「なんか随分条件が良いね。まぁ良いやありがとう」

◆◆◆

「連れて来たぞ」

オークマンがチワを連れて来た。

「初めましてチワです!」

チワを見た瞬間からセクトールおじさんの鼻の下は、凄く伸びた気がする。

「セレス、この凄く可愛いお嬢さんが俺の相手……税金まで肩代わりして貰ったのに良いのか? 他の三人と違って俺はお前を傷つけてばかりだ。息子のゼクトも酷い事したんだろう」

「セクトールおじさん、貴方は小さい俺に優しくしてくれた。ゼクトと同じように扱ってくれた……そんなあんたを俺は好きだ。だが一つだけ許せない事がある。それは浮気癖だ。彼女は凄く可愛いよな。そしてきっと、あんたにも尽くしてくれる。ただ『嫉妬心が深く浮気は許さない』。もし気に入ったなら、二人で人生を立て直して欲しい」

「ああっ、その位の方が俺には良い、もう浮気なんてしない。チワさん、俺は良い歳だし、財産も少ない……俺でも良いのか？」

「私は『愛』しか要らないから大丈夫だよ……浮気さえしなければそれで良いよ」

「俺はセクトール……宜しくな」

「はい」

浮気したら……大変だぞ、セクトールおじさん……頑張れ。


俺は嫌ってないと言いながら、少し恨んでいたのかも知れない。

セクトールおじさんに浮気が出来ない相手を選んだのだから。

静子さん達には『二度と浮気が出来ない』ようにした。

そう言えば良い。

それに外見だけなら他の奴隷よりチワの方が美少女だ。

浮気さえしなければセクトールおじさんは幸せに暮らせる。

セクトールおじさんは浮気をしない。そう約束した。これで大丈夫だよな。

◆◆◆

セクトールおじさんにも二人で遊びに出て貰った。

セクトールおじさんはお金がないから小遣いつきで。

これで、お見合いと言う名の奴隷の購入もあと一人。カズマ兄さんの相手を紹介すれば、終わりだ。

カズマ兄さんは俺にとって兄さんであり父でもある。

それに、カズマ兄さんは、本当に善意で姉さんを俺に譲ってくれた。

何時も羨ましそうに見ていたから……俺に譲ってくれた、そう思えてならないんだ。

◆◆◆

カズマ兄さんがどんな奴隷が欲しいかは分かっている。

『メイド』だ。

「カズマ兄さんで最後だ。カズマ兄さんが欲しいのは、前に聞いた通りでよいのかな?」

「ああっ、お願い出来るかな?」

「聞きたい事があるんだ」

「ハルカの事だろう？」

「カズマ兄さんは本当は……」

「それ以上言わないで良い……あいつは俺のそばにいるより、セレスお前のそばにいた方が幸せだ……だから譲った。俺はセレスも知っている通り料理馬鹿だ。良い食材が手に入ると言っては出かけて帰って来ない。新しいレシピが出来たと言ってはハルカを拒絶し厨房《ちゅうぼう》に籠《こも》りっきりになる。そんな事を新婚から続けてきたんだ。娘は一人作った。それだけの身勝手男だ。オシドリ夫婦なんて言われていたが、それはハルカがやりたい事をしないで俺を優先していた結果にすぎない」

「だけど」

「なぁ、よくハルカはセレスを叩くだろう？　俺も他の人間も叩かれない。あれは愛情表現だ。子供の頃からセレスはハルカの特別だった。俺のそばより、お前のそばにいた方が自分らしく幸せにあいつはいられる。これで良いか」

カズマ兄さんにとって一番は料理だった。姉さんは多分二番だった。

だから、それを自分で分かっていたから、こうした。

そういう事か。

「今までと違い、随分と普通の奴隷だな、料理が好きなメイドか。がははは っ、これは定番だな」

カズマ兄さんに必要なのは『同じ道』を歩んでくれる人だ。

村にはそんな人間はいなかった。

だから姉さんと結ばれた。

姉さんは『料理』は普通にしか出来ないし、さして興味がない様に見える。

よく考えたら姉さんが厨房に入った所を見たことがない。

きっと無理やり自分の夢に姉さんを付き合わせた。

そういう負い目がカズマ兄さんにはあったのかもしれない。

◆◆◆

時は少し遡る

「私をお買い上げ下さるのですか？」

「そのつもりだけど」

「後で問題になるといけないから伝えておきますが、私は料理以外、何も出来ませんよ？」

確かに彼女はそうなのだろう。

彼女は大貴族の家でメイドをしていた。

ただ、一つ他のメイドと違うのは料理専門のメイドをしていた事だ。

大貴族や王族のメイドは最初こそ色々とやらされるが、やがて一つに特化したメイドに成る事が多い。大貴族や王族に仕えるメイドの多くは『一点豪華主義』が多い。

例えば、掃除が得意なら朝から晩まで掃除している。

料理が得意なら、朝から晩まで料理だけをしている。

何でも出来るメイドもいる事はいるが、それは少数。

一つの事は完璧に出来るが、他の事は得意じゃない。

そういうメイドの方が多く存在する。

「それは話で聞いたよ。君に紹介する人物は『料理』を何よりも優先して生きている様な人物だ。だから『料理』が好きなのが一番重要なんだ。恐らくは会話もほとんど料理の事ばかりになる」

「それなら自信はあります！　私は八歳から奉公しまして十五歳まで七年間、朝から晩まで料理の手伝いをしていました。料理長からも『君の調理や配膳は気品がある』そう言われていましたから。ただ、それ以外は全く駄目です。掃除、洗濯は全く出来ません」

「それなら大丈夫。そういう人物こそが、彼の理想だから」

「良かった～。ほとんどの男性はメイドに家事全般を求めるから私、売れ残っていたんです。良かった……」

この子ならきっとカズマ兄さんも気に入る。

あと……姉さんのありがたみも分かるし、うん最高だ。

◆◆◆

「連れて来たぞ」

オークマンがこちらのテントへ彼女を連れて来た。

「初めまして、メアリーと申します」

流石は貴族付きのメイド、調理がメインと言っても作法は完璧だ。

「セレス、外見は凄く好みだが、その……大丈夫か？」

「それは問題ないよ、メアリーは大貴族の家で料理を担当していて料理長からも褒められていたそうだよ。だからカズマ兄さんの補助も出来るし、お互いに料理の話をしても盛り上がると思う」

「そうか、それなら安心だ。メアリーさん、俺は料理が好きで何時も料理の事ばかり考えている。俺から料理をとったら何も残らない位だ。それで大丈夫か？」

「私も今までの人生のほとんどを料理だけで過ごしてきました。それしか出来ない女ですが……宜しいでしょうか？」

「それが俺の理想だ、宜しくお願いするよ」

「はい」

これで全員に理想の奴隷が行き渡った。

ある意味お礼であり、ある意味ちょっとしたゼクト達への仕返しになっているはずだ。

◆◆◆

カズマ兄さんには本当に世話になったから、理想の奴隷を選んだ。

ただ一つだけ、今後の課題を残しておいた。

夫婦という物は寄り添う事が必要だと俺は思っている。

『姉さんに自分の我儘《わがまま》に付き合わせて悪い』これはカズマ兄さんの優しさであり大きな勘違いだと思う。

姉さんはカズマ兄さんに賭けていたんだと思う。

男女の関係なんて、どちらかが支える側にならなくちゃ成立しない。

一人が夢を追い掛けたら、一人はそれを支える人間にならなければ、一緒になどいられない。

それは勇者と聖女の関係に近いと思う。

勇者が戦い、傷ついたら聖女が癒す。

もし、癒すタイプが二人じゃ戦えないし戦う人間が二人なら傷ついたら致命的だ。

だから、カズマ兄さんと姉さんは本当は理想の夫婦だったはずだ。

だが、カズマ兄さんは同じ道を歩む『同志』を欲しがった。

多分苦労すると思う。

掃除や洗濯等のサポートをする人間がいないのだから。

まぁ、どちらかが折れるか、第三者を雇《やと》えばすむ事だけどね。

『姉さんの大切さを分からせるため』

そう静子さん達に話せば、多分問題はないな。

◆◆◆

忙しかった奴隷購入という名のお見合いも終わり、俺はオークマンにお礼を言った。

「買う側がお礼を言うことはないぜ。セレスは結局七人も購入してくれた、良いお客なんだからな」

「まぁ、売り上げに貢献《こうけん》出来て良かったよ」

よく考えたら、静子さんに出会えたのはオークマンの影響もあるのかも知れない。

オークマンは奴隷ハーレムを持つ男と言われるが、その奴隷全てを妻にしていて愛妻家としても有名だ。

幼馴染を全て失った俺は裏切らないで愛してくれる存在が欲しかった。

オークマンの噂話を聞いたからこそ俺は奴隷商に寄ったのかも知れない。

静子さんとの出会いはオークマンなくして起きなかった。

そう考えたら……恩人と言えなくもない。

「ありがとうな！」

「こちらこそ、オークマン。色々と助かったよ、困った事があったら言ってくれ」

「なんの話だ？」

「いや、何でもない」

これは俺がオークマンに、個人的に感謝していれば良い。それだけだ。

困った事があれば出来る限り助けよう。

◆◆◆

帰りは大型馬車二台で村に向かっている。

何故か、皆は奴隷と別れて同じ馬車に乗り込んだ。

「親睦《しんぼく》を深めるために、カップルで座った方が良いんじゃないか？」

そう俺は提案したんだけど。

「儂らは、ちょっと話す事があってのう……それに女性は危ないからセレスに護衛を頼みたいんじゃや」

「そういう事なら……」

勿論何も問題は起きないで無事に村にたどり着いた。

ここからが大変だ。

◆◆◆

村長達と別れ、家に帰ると静子さん達が待っていた。

「どういう事なのかしら？　セレスくん……随分カワイイ娘たちね！」

「ねぇ……セレス。可愛い奴隷を買ってあげるのに何の意味があるのかな？」

「セレスさん……説明お願い！」

「セレスちゃん、どういう事なのかしら？」

ああっ静子さん達の顔は決して笑っていない。

ちょっと怖い。

「分かったよ……説明する。まずナジム様や相談役達の嫁にエルフを選んだのは単純にゼクトを悔しがらせるためだよ。勇者になったゼクトが望んでも手に入らない者。それは亜人との結婚、亜人の奴隷。人類の守護者たる勇者は人族以外との婚姻や肉体関係は出来ない。また勇者たる者、奴隷の所持は出来ない。小さい頃からエルフに憧れたゼクトには良い薬だ」

子供の頃からエルフが好きだったゼクト。手の届かない夢を只の村長が叶えたなら、悔しいだろうな。

「確かにそうだわ。だけどセレスくん、他は何でかな？　特にセクトールのあれは何？　おかしいわ」

「セクトールの嫁は獣人族の中でも嫉妬深い犬族。その中でも浮気は絶対に許さない種族だ。もし浮気でもしたら、最悪指の三本も食いちぎられる、その覚悟が必要だ。これが静子さんを売った報《むく》い。生涯二度と浮気は出来ない。そして幼馴染には悪いがあの三人より美人だ、きっとゼクトも羨ましがる。自分の父親が、自分の恋人と同年代の美人を嫁にしていたら、悔しいんじゃないかな」

「それじゃ、セクトールはもう絶対に浮気が出来ないのね。確かにあの子の容姿はゼクトの好みそうな容姿ではあるわね……だけどなんか釈然《しゃくぜん》としないわ」

なんで静子さん複雑そうな顔をしているんだ。

「セレスさん……ならあの人には何で？」

「サヨさん、カイトさんはサヨさんが従順で優しいから暴言を吐いたんだと思う。その仕返しにカイトさんの嫁は傭兵だ。口はカイトさんより悪いし、もし暴力になったら、カイトさんの腕の一本も折れるくらい強いから、もうカイトさんは彼女に逆らえない、尻に敷かれた人生を生きるしかない。どうかな？」

「そう……もう暴言も吐けないし横柄《おうへい》な態度も出来ない。そういう事なのね」

なんだか、『納得いきません』。そう思える目でこちらを見つめている。

「そうだよ」

「セレスちゃん、私の方も何かあるのよね」

「シュートさんの相手は貴族の娘なんだ。いくらシュートさんがインテリでも『本物』には敵《かな》わない。きっとそこには辛い人生しかない、唯一の自慢の知識で勝てない。しかも彼女は護身術も出来るから暴力でも勝てない。辛い人生を歩むんじゃないかな」

「そう……それじゃ、多分あの人は立ち直れないな」

ミサキさんもそうだ。何か考え込んで眼鏡を触っている。

「セレス、カズマの相手も何かあるの？」

「貴族付きのメイドで料理しか出来ない」

「それってカズマの理想じゃない」

「それはカズマ兄さんの理想だけど……本当にカズマ兄さんに必要な人は料理が出来る人じゃなくて、会計や掃除等身の回りの世話が出来る人間だ。きっと困る事になる。サポートするありがたみを知って貰うために選んだんだ」

「そう、それは分かったわ」

姉さんの顔。分かったと言っているけど目が笑ってない気がする。

もしかして、四人とも全然納得してないのかな。

「だけど、なんかパッとしないわよ、セレスくん」

「セレス、それだけなの？」

「セレスさん」

「セレスちゃん」

うっ、やっぱりこれだけじゃ駄目だったか。

もう一つ言いわけを考えておいて良かった。

「あの子達をよく見て。何となく誰かに似ていると思わない？」

「嘘……そんな……」

「ああっそう言うことね」

「これは凄いかも」

「あらあら」

俺が選んだ女性の共通点――それは「自分の娘」とどことなく似ている事だ。

女の子なら絶対に嫌がるはずだ……自分の父親が自分によく似た同い年ぐらいの女の子とイチャイチャしている、そんな家に戻れるだろうか？

しかも母親はいない状態で！

そんな家になんていたくないはずだ。

本当はやらなくてよい復讐だから、このくらいで充分だ。

「これくらいでいいんじゃないかな？　後は俺達がこの村を出て行けば、ゼクト達は居場所を失う。その後は静子さん以外の皆ともしっかりギルドで籍を入れて楽しく生きよう」

「それでセレスくんはどうするつもりでいるの？」

「王都にでも行って楽しく暮らそう……五人ならきっと楽しいよ」

「「「「セレス（くん）（さん）（ちゃん）」」」」

◆◆◆

俺達は翌朝、王都に向かい旅立った。
静子さん達もどうやら納得してくれたようだ。
嫁関係をナジム様達に世話したせいか、村総出で見送ってくれた。
これからはしがらみを捨てて楽しく生きれば良い。それだけだ。

第一部完

書き下ろし1◆セレスの子供時代

俺の名前はセレス。

今現在、五歳の転生者だ。

転生者って凄いのかって?

実は、この世界じゃ全く凄くない。

この世界、少し前まではかなりの率で転生者や転移者がいたらしく、さほど珍しいものじゃないらしい。

ここジムナ村に今現在は転生者や転移者はいないけど、村人の中には転生者や転移者を祖先に持つ者も多くいる。

例えば、ゼクトのお母さんの静子《しずこ》さん。

黒目、黒髪で俺からしたら、日本人にしか見えないが、話を聞くと先祖返りらしい。

静子さんの家系、何代か前のご先祖様に日本人の転生者がいたという話だ。

他にも、カズマ兄さん、ハルカ姉さん、ミサキさん、サヨさんなど、どう考えても日本人が関係してそうな名前が何人かいるから、昔に転生者か転移者が多くいた形跡はある。

俺が転生者だっていう事は、両親とナジム様が話し合って皆には内緒にしてある。

この世界では、過去の転生者が、ある程度の物は広めているらしく、余程《よほど》の知識持ちじゃなければ、その知識に価値はない。ジムナ村では見ないが王都や帝都なら醤油《しょうゆ》も米もあるらしい。

まして、俺は『虫食い』という部類の転生者で、前世の記憶をしっかりと持っているわけじゃない。朧気《おぼろげ》に記憶があるだけだ。

『この村じゃ問題ないが転生者を転移者が嫌っている者も多いと聞く、わざわざ話す必要もない』

ナジム様がそう言ってくれたので、俺が転生者と知っているのは少し前に両親を亡くした今、ナジム様だけだ。

まぁ、前世の俺は四十二歳の親父で商社勤め。

妻と娘がいた記憶がある。


『大切な存在だった』


それは記憶の底にはある。

だが、転生したせいか顔も分からない。

そんなもんだ。
転生した俺に残ったもの。それは自分が大人だって事と、味覚だ。

◆◆◆

このジムナ村の料理は前世でいう所の田舎《いなか》料理だ。
これはこれで美味《おい》しいけど、前世の料理の味の記憶がある俺は洋食が食べたい。
ハンバーグ、オムライスにナポリタン。
ああっ、どうしても食べたい。
王都や帝都、開かれた街なら食べられるけど、この村にはない。
両親はいないけど、家は残して貰えて一人暮らし。
台所はあるから、作ってみようと挑戦してみたが、駄目だった。
作り方は分かるけど、野菜や果物など味が微妙に違う。
どうしても上手くは作れなかった。

◆◆◆

もう一つ残ったもの。

それは自分が大人だという感覚だ。

「セレスくん、そんなお手伝いばかりじゃなく、皆と遊んで来ても良いのよ」

俺は今、静子さんとセクトールおじさんの畑に来ていて野菜の収穫の手伝いをしている。

静子さんや他の大人にも良く言われるけど、俺は遊びたいとは思わない。

四十二歳の親父《おやじ》の心を持つ俺はどこか冷《さ》めた目で見てしまう。

今更、虫取りや鬼ごっこしてもね……。

だが、竹トンボや竹馬で遊ぶのにはなんだかノスタルジックな感情が湧《わ》いてきて『懐《なつ》かしさ』を感じる。

精々《せいぜい》がそれくらいだ。

「いや、静子さんの手伝いをしている方が楽しいから気にしないで」

「セレスくん、本当に気にしないで良いんだからね」

皆は優しいから遊んで良いって言うけど、子供の俺がこの村で生活出来るのは『お手伝い』をしているからだ。

親のいない俺を養ってくれている。

仕事だって、子供が出来る仕事を選んで頼んでくれる。

こんな所にもこの村の優しさが分かる。

村人としての義務『お手伝いをしない』そういう選択はない。


それに心が大人の俺は、ゼクト達子供といるより、その親と一緒にいた方が、すごく楽しい。

皆は人妻なのは残念だけど、静子さんを含む友達の母親は全員美人だ。

心が大人の俺にはここでお手伝いしていた方が、同年代の友達と遊ぶより楽しいんだ。


「静子さんは凄く美人だし、一緒にいるだけで凄く楽しいから気にしないで」

これで人妻じゃなければ、最高なんだけどな。

「あらあら、だけど、凄く嬉しいわ。最近はそんな事、旦那のセクトールでも言ってくれないもん。そんな事言ってくれるのはセレスくんだけよ。息子のゼクトなんてクソババアなんていうんだから」

そう言って腕を開けて微笑《ほほえ》んでくれる。

これは抱きしめてあげるから『いらっしゃい』そういう意味だ。

心が大人の俺には少し恥ずかしいけど、美女の抱擁《ほうよう》の魅力からは逃げられないよな。

俺がそのまま静子さんに近づくと静子さんは俺を抱きしめてくれた。

大人の女性の良い香りがした気がする。

前世と違いコロンも香水もつけていない。

だけど、不思議と良い香りがするんだよな。

これだけで『手伝って良かった』と凄く得した気分になるんだ。

「静子さんって凄く良い香りがする。セクトールおじさんが羨《うらや》ましいな」

「あらあら、ゼクトじゃなくてセクトールが羨ましいなんて。ませているわね！　だけど嬉しいわ。ありがとう！　あら、そろそろハルカのお店に手伝いに行く時間じゃないの。ここはもう大丈夫。行っていいわよ」

「それじゃ静子さん、また明日」

母親が亡くなって寂《さび》しい思いをしている。

そう思っているからか、よく皆が抱きしめてくれる。

凄く嬉しいけど『子供として見られている』と考えると複雑だ。

「それじゃ、セレスくんまた明日」

笑顔の静子さんに見送られて俺は畑をあとにした。

◆◆◆

俺が食堂カズマにつくと姉さんがテーブルを拭《ふ》いていた。

「セレス、よく来たわね！　カズマくんなら厨房《ちゅうぼう》にいるから、まずはそっちに顔を出してくれる？」

「了解」

しかし、姉さんは健康的でセクシーだな。

黒いタンクトップに茶色のホットパンツに黒のニーソックス。

それにエプロンをしている。

「あのさぁ、セレスはいつも会うたびになんで私を、こう見つめてくるの？」

「いや、姉さんってセクシーで綺麗《きれい》だなって」

「はいはい、そういうのは良いから、早く厨房に行って。まったくもう、いいおばさんを揶揄《からか》わないでよ」

この世界じゃおばさんかも知れないけど、二十歳《はたち》位は前世で言うなら、充分若い。

転生者だから、若すぎる位に見える。

顔を少し赤くする姉さんが可愛《かわい》い。

「それじゃ厨房にまわるね」

ただ、これ以上話すとゲンコツが落とされる可能性があるので、そそくさと厨房に向かった。

「よく来たなセレス、どうだ！　これがセレスから聞いて作ったナポリだ。食べてみてくれ！」

見た目はナポリタン、但《ただ》し麺《めん》はうどんに近い。

「いただきます！　これは……」

麺は再現されていないが、ソースはほぼケチャップだ。

玉ねぎやピーマンに見える野菜にオーク肉。

美味《うま》い……。

体と記憶が覚えているのか、涙が出てきた。

「どうした‼　セレス、美味しくなかったか？」

「カズマ兄さん！　これ凄く美味しいよ。最高！」

「そうか、それは良かった！　それじゃこれも明日からメニューに加えるよ！　カレーの方はすまないが、まだ全然上手くいかないんだ。もう暫《しばら》く時間をくれ」

「そう簡単にできるものじゃないから、大丈夫だよ！　カズマ兄さんは天才だ！　まさか本当に作って貰えるとは思わなかったよ」

「こちらこそお前に感謝だ！　まさか王都でも行かなければ学べないこんな料理のヒントを貰

えるなんてな……それじゃこれもレシピに纏《まと》めてあとであげるよ。約束だからな」

「ありがとう、カズマ兄さん」

「いや、僕こそ……」

カズマ兄さんは恐らく俺が転生者だという事を知っている。

村から出た事がほとんどない子供がこんな料理知るわけがない。

そんな事が分からないわけがない。

だけど、その事について何も聞いてこない。

本当に助かる。

「ちょっと！　話に夢中なのは良いけど、もうすぐオープンの時間だよ！　早く準備しないと間に合わなくなるよ！」

姉さんが少し怒り気味でこちらを見ながら話しかけて来た。

「あっ、悪い、すぐに準備にかかる」

「下ごしらえは任せて。カズマ兄さん」

俺は黙々と野菜や肉を切り始めた。

下ごしらえが終わった俺は姉さんと一緒にホールの手伝いにまわった。

「こっち、ランチ四つ」

「はい、ただいま！　カズマ兄さん、本日のおすすめランチ四つ」

「あいよ、そこ仕上がっているよ」

「了解、おすすめランチ二つお待たせしました」

「セレス、食器は私がかたづけるから。テーブルを拭いてお客様通して」

「姉さん、了解！」

村で一軒しかない食堂だから、お昼時は凄く混む。

目まぐるしい忙しさでランチの時間は動きっぱなしだ。

◆◆◆

忙しいランチの時間も終わり、俺は姉さんと一緒に賄《まかな》いを食べていた。

カズマ兄さんは厨房で夜の仕込みをしている。

「しかし、セレスは料理好きだよね。私には分からないよ」

テーブルの向かい側に姉さんが座っていて、足を組んでいる。

見ちゃいけないと思いながらも、長くて綺麗なその足につい見惚《みと》れ顔が赤くなる。

誤魔化すように平静を装《よそお》い返事をした。

「そう？　美味しい物を食べたいから研究しているだけだけど？」

「私だって美味しい物は食べたいけど、ここまで熱心に作りたいとは思わないよ。カズマくんと一緒に厨房に詰める気にはなれないな」

料理もそうだけど、ここに来れば姉さんに会える。

それも大きい。

歳《とし》を聞くと姉さんは怒るから、正確な年齢は分からないが恐らく二十歳前後。

この世界じゃもう年増扱いだけど、この年齢でも俺からしたら『凄く若い』。

十五歳で成人でその歳でほとんどの男女がもう婚約者がいたり結婚。

そして子作りをし始める。

前世で四十二歳だった俺からしたら姉さんくらいの歳でギリギリ恋愛の対象になる。

自分は五歳なのに、十代でもどうしても『子供』にしか思えないんだ。

「自分の食べたい料理が作れた時、凄く嬉しくて喜びを感じるんだ」

「そう？　まるでカズマくんみたいね。だけど、セレス私達に遠慮しているんじゃないの？　リダなんてお昼にしか帰って来ないで遊んでいるわ！」

「まったく、帰って来たと思ったら、ご飯かき込んですぐに出て行っちゃいましたね。せっかくのオムライスなんだから、ゆっくり味わえば良いのに……」

「普通、子供ってそんなもんだよ？　それに、今リダはゼクトに夢中だから、マリアと争っているから大変なのよ」

見ていれば分かる。

子供の恋愛。

見ていて微笑《ほほえ》ましい。

「そうですね、確かに大変そうですね」

「ずいぶんと達観しているわね。セレスだって好きな人位いるでしょう？」

たしかにいるけど、皆人妻なんだよな。

元、四十二歳の親父としてはせめて、前世の成人年齢は超えてないと恋愛対象に思えない。

姉さん達ですら、まだ若く感じる。

もっとも、この世界の女性は前の世界の女性より、生活が大変だからか性格は大人っぽいから、話が合うという意味なら問題ない。

「内緒」

スープを飲みながら姉さんに答える。

「そう？　良かったら姉さんに教えてみない？」

「教えられません」

「あらっ、教えられないという事はいるって事よね？　誰なのかな？」

「だから、内緒ですって」

「やはり、ここは、大人っぽいマリアかな？」

「違いますね」

「メルって可愛いよね？」

「違います」

「ああっ、分かった。それならうちのリダだ！」

「違います！」

「え〜っ！　もうこの村にセレスと同い年の女の子なんていないじゃん」

「いませんね。もうこの話は終わりで良いよね」

同い年位。そう思っている時点で絶対に当たらない。

「もしかして!?　私とか？」

「えっ……まぁ、姉さんは……凄く好みだよ」

「あ——っあっーそう？　まぁ私は凄く美人だからね！　そうね、セレスとはせめてあと十年早く……」

「ハルカ……十年若返ってもセレスより五つも年上だ。流石《さすが》に五つも年上じゃ嫌だよな！」

「いや、俺は別に……」

「カズマくん——煩《うるさ》い！」

「セレス、母親を失って、女に母性を求めるのは分からなくはないが、悪い事は言わない。後悔する前にその考えを……」

「カズマく——ん！　それじゃ私が女として終わっているみたいじゃない？　ちょっとお話し

しようか？」

「あっ、俺はまだ仕込みの最中だった。セレス、またな！」

「セレス、この後ミサキの所に行くんでしょう？　ここはもうよいし、食器はかたづけておくから行きなさい」

「カズマ兄さん、姉さん、それじゃまたね――」

次はシュートさんの所に行かないと。

◆◆◆

午後はシュートさんの雑貨店を手伝いに来た。

シュートさんのお手伝いは他の仕事に比べて凄く楽で良い。

「シュートさん、こんにちは」

「セレスくん、よく来たね、それじゃ店番をお願いして良いかな？」

「勿論《もちろん》です」

シュートさんのお店でのお手伝いは店番。

お客は気心の知れた同じ村の人だし、来客も少ないから本当に楽だ。

「それじゃ頼んだよ。その代わり君が好きそうな本をカウンターに置いておいたから、暇《ひま》なら読んで良いからね」

シュートさんは、自分が本を読んでいる時に邪魔されるのが嫌みたいで俺が来るとすぐに奥に引っ込む。

あとは時間が来るまで話しかけなければシュートさんは問題ない。

「そう言えばミサキさんは？」

「ミサキなら、今は買い出しに行っているから、もうすぐ戻ると思うよ」

「そうですか」

「ああっ、それじゃ僕は奥の部屋で本を読んでいるから頼んだよ」

「了解」

シュートさんの店の仕事は本当に楽だ。

お客はほとんどの人が村の人なので、万引きなどもなく、ただ買い物に来たお客さんに物を売るだけの仕事。

簡単な計算と読み書きが出来れば出来る仕事だ。

お客が来ない間は、シュートさんが貸してくれるこの世界では貴重な本が読める。

俺にとっては仕事というより、半分楽しみな時間だ。

シュートさんは奥に引っ込んだし、シュートさんチョイスの本を読み始めた。

今日は恋愛小説だ。

しかし……。

「本当に暇だ」

前世と違い物は貴重で、修理して使って滅多《めった》に捨てないから、余《あま》り売れない。

今日、売れたのは手洗い用の桶《おけ》が一つ。

桶一つだけどそれが銅貨七枚（約七千円位）する。

昔の日本みたいに物が高額だからこれでも生活には困らないのかも知れない。


「セレスちゃん、店番ご苦労さん」

ぼーっとしていると、ミサキさんの声が店の入り口から聞こえてきた。

この店の仕入れは全部ミサキさんがしている。

「ミサキさん、お帰りなさい。それじゃ荷物の積み下ろしと品出ししちゃいますね」

「助かるわ。お願いね。私は馬を馬小屋に繋《つな》いでくるから」

そう言うとミサキさんは馬を荷台から切り離して馬小屋へと連れて行った。

荷物といっても、前世でいうコンビニみたいに大量にあるわけじゃない。

簡単に店に運び込み、古い物を前に新しい物を奥に陳列していく。

正直言って三十分も掛からない。

ミサキさんがお店に戻る前に終わった。

「相変わらずセレスちゃんは手際がいいわよね。本当に五歳とは思えないわ。いまお茶を入れてくるから」

暫《しばら》くしてミサキさんがお店に戻って来た。

店の片隅にあるテーブルにお茶が二つ置かれ、俺の正面にミサキさんが座った。

「セレスちゃん、疲れてない？　大丈夫？」

「いえ、全然。正直言ってほぼ、本を読んでいただけなので遊んでいたようなものです」

「そう？　だけど、ずうっとお店の中から出られないのは苦痛じゃない？　うちのマリアなんてなんだかんだ文句言って逃げ出すんだから」

「僕は本を読むのが好きですから。それに店番する代わりにシュートさんが本を貸してくれるので、これはこれで楽しいですよ」

「そう！　私は本とかあまり好きじゃないから」

ミサキさんは背が高く髪が長い。

前世で言うならモデル体型でボディコンが似合いそうな感じだ。

それでいながら、眼鏡《めがね》を掛けていて理知的に見える。

『眼鏡を掛けている』それなのに、静子さんや姉さんの話では体を動かすのが好きで読み書きは出来るけど苦手みたいだ。

この家には沢山《たくさん》の本があるのに、ミサキさんが本を読んでいるのを見た記憶がない。

聞いてみようかな。

「だけど、ミサキさん。眼鏡掛けていますよね？　昔は結構本とか読まれたんじゃないですか？」

「ふふふっ、セレスちゃんとは仲良くなったし、特別に教えてあげる！」

ミサキさんみたいな美女が、笑顔で『教えてあげる』なんて言うと、そんなんじゃないと分かっていてもつい生唾《なまつば》を飲みこんでしまう。

「ゴクッ、なにか秘密でもあるんですか？」

「セレスちゃん、これはね実は……」

「実は……！」

「伊達《だて》眼鏡なのよ！　度数も入ってないのよ」

「そうなんですか？　だけど、なんで伊達眼鏡なんて掛けているんですか？」

「ふふっ、この方が賢く見えるでしょう？　この事は、静子達しか知らないから内緒よ！」

「分かりました」

しかし、眼鏡はこの世界では高級品だ。

目が悪いならともかく、なんで伊達眼鏡なんてしているんだろう？

内緒っていう位だから聞かない方がよいよな。

しばらくミサキさんと雑談をして過ごした。

頬杖をついて、たわいない話を聞いてくれるのが何となく嬉しい。

足が長く短いスカートをはいているミサキさんが足を組みかえる度についい、そちらに目がいってしまうのは、男だから仕方ないだろう。

「セレスちゃん、私の足好きよね！」

不味い、じっくり見すぎてしまった。

冷静に……冷静になれ俺。

「ミサキさんってまるで王都の女優さんみたいに足長いですよね。思わず見惚れちゃいました」

これで大丈夫だよな。

「ふふっ、嬉しいわ。ありがとうね。それでセレスちゃん、それも本に書いてあったのかな？」

普通に考えて五歳の子供が二十歳の女性にこんな言葉をかけるなんておかしいよな。

それにミサキさんは人妻。

どんなに綺麗でも俺とは縁がない。

そういう事にしておいた方が良いだろう。

「分かっちゃいましたか？　実はこの間読んだ物語に書かれていたのを真似《まね》てみました」

「やっぱり！　どうりでませていると思ったわ。あらいけない。こんな時間！　もうお店は良いからサヨの所に行って」

「それじゃ、ミサキさん、また明日」

「またね、セレスちゃん」

お店の前までミサキさんに見送られ俺はカイトさんの家に向かった。

◆◆◆

次はカイトさんの所の手伝いだ。

「おう、セレス、よう来たな。悪いがいつもの通り、鍬《くわ》や農具の手入れをしてくれんか？」

「分かりました」

カイトさんは見た目はまるで戦士のような体つきだが、実際は農業をしている。

静子さんの旦那《だんな》のセクトールと違い働き者だが、凄い頑固者だ。

「セレスさん……いらっしゃい」

相も変わらず、サヨさんは元気がないな。

サヨさんも凄く美人なんだけど、目の下に泣きぼくろがあって、潤《うる》んだ瞳が悲しそうに見える。

薄幸《はっこう》の美人。そんな感じの人だ。

「サヨ、挨拶は良いから早く晩飯を作って、風呂を沸かせ！」

「はい、ただいま」

「それじゃ、すぐに手入れ始めますね」

いつもの夫婦の会話と分かっているけど、いたたまれなくなった俺はそそくさと農具が置いてある倉庫へ逃げるように移動した。


暫く作業をしていると、サヨさんが現れた。

「セレスさんは働き者ね。いつ見ても働いているわ」

「まぁ、一人で頑張って生きていかないといけないからね。だけど、それを言うなら、サヨさんだってミサキさんだって静子さんだって同じでしょう？」

「あのね……私達は大人なの。セレスさんはまだ、子供でしょう？　うちのメルなんて家の手伝いなんてなにもしないわ」

なんて答えてよいか分からない。

普通の五歳児なんてそんなもんだよな。

俺は前世の記憶があるから、今更子供の遊びなんて……そう思ってしまうだけだ。

「俺の場合は、仕事が楽しいんですよ。これが遊びみたいな物です」

「朝から夕方まで仕事しているのが？　楽しいの？」

「はい、楽しいです」

「あの、セレスさん辛かったら言っていいのよ。たまには皆と遊びたいでしょう？」

皆、そう言うけど、俺は遊びたいと思わない。

正直言うと一緒にいて疲れる。

ゼクト達と遊ぶ位なら、仕事していた方がまだ気が楽だ。

「どうしてか分かりませんが、僕、ゼクトやメル達よりも大人と話している方が楽しいんですよね。本当に理由は分からないんですけど」

「そうか、だけど、セレスさん。ここは村だから今から子供同士仲良くした方が良いわ。特に女の子とはね」

「それは分かっているんですけど、どうも苦手で」

「そうね、だけどこの村にセレスさんと同世代の女の子は三人、普通に考えたらマリア、リダ、そして私の娘のメル。その誰かと結婚する事になるわよ。ゼクトみたいに女の子と仲良くしていた方が良いわ」

俺はまだ五歳。

だけど、この世界は十五歳で成人。

その後すぐに婚姻する事が多いから、婚姻まで十年。

そう考えないといけない。

そして身近な相手と結婚するのが当たり前だから、その三人のうちの誰かと結婚する可能性は凄く高い。

ゼクトのお気に入りはマリアだから、そうするとリダかメルになるのかも知れない。

とはいえ、あくまで今は。だけどな。

だが、三人のうち誰かと結婚。その可能性は凄く高い。

前世の虫食いの記憶が邪魔をする。


『ロリコン』

それが頭に浮かぶ。


「…………」

「どうしたのかな？　考え事？　分かった。誰が好きなのか考えていたんでしょう？　誰が思い浮かんだのかしら？」

「そうですね。どうしてもというならサヨさんかな」

「え——っ私!?」

サヨさんは凄く驚いている。

まずい、つい口走ってしまった。

言い換えた方が良いだろう。

「あっ、スイマセン。僕が好きなのは年上の女性という意味です。サヨさんだけでなく、静子さんや姉さん、ミサキさんみたいな大人の女性が好き。そういう事です。誤解しないで下さい。皆、結婚していますし、あくまで好み。それだけですから」

「ああっ、そういう事ね。うふっ驚いたわ」

「驚かせてスミマセン」

「良いのよ……」


「セレス――っ！　風呂が沸いているぞ。農具の清掃が終わったのなら一風呂浴びよう」

家の方からカイトさんの声が聞こえてきた。

「セレスさん、もう終わっているじゃない？　お風呂に行ったら」

「そうですね。カイトさん、今行きます」

カイトさんの家でお風呂に入れさせて貰うお礼に背中を流してあげたら喜ばれた。

「お前は本当に気がきく。子供とは思えんな」

「そうですか？」

「まぁよい。折角だから飯も食っていけ」

「いや、それは悪いですよ」

「子供が遠慮する必要はない。サヨがお前の分ももう作っておる。食っていけ」

「それじゃ、お言葉に甘えて」

「そうそう、子供は素直が一番だ」

サヨさんの料理をご馳走《ちそう》になり、俺は帰路についた。

◆◆◆

ただ働くだけで良かったんだけど、子供だからという理由で、週に三日間強制的に休ませられる事になった。

ただの休みなら良かったんだけど……。

「ほら、セレス釣《つ》りに出かけるぞ！」

「お袋に頼まれたから、釣りに行くぞ」

休みの日は誰かしらが、俺を遊びに誘ってくる。

恐らくナジム様あたりが、俺が寂しいとか考えて動いたのかも知れない。

今日は、どうやらセクトールおじさんとゼクトの番のようだ。

強引だけど、これが俺の事を思ってなのが分かるから、断れないんだよな。

「今、準備します」

そう返事してドアを開けた。

◆◆◆

近くの川に釣りに来て一時間。

ゼクトはバックレてもういない。

『お前が言うな』そう言われそうだけど、友情より愛情。

それがゼクトだ。

セクトールおじさんの目を盗んでいつの間にか消えた。

恐らくは、マリアかリダの所へでも遊びに行ったのだろう。

「まったく、あいつは女ばかり追いかけて、一体誰に似たんだか……」

どう考えてもセクトールおじさんだな。

「多分、セクトールおじさんじゃないですか？」

「俺か？　俺は女なんて追いかけたりした事ないぞ！　女が俺を追いかけてくるんだ」

いつものモテ自慢が始まった。

「そうですね、セクトールおじさんはカッコ良いから、たしかにモテそうですね」

「子供のお前にも分かるのか？　まぁ、そんなもんだ」

セクトールおじさんはカイトさんと違ってお世辞が効くから楽だ。

「分かりますよ。ゼクトがあれだけ女の子に人気があるんだから、そのお父さんのセクトールおじさんがモテないわけないですよ」

なんで変な顔しているんだ？

俺、なにか不味い事言ったか？

「セレス、俺のモテかたはゼクトなんかと比べ物にならないぞ！　それこそ村中の女が皆、俺に夢中になったもんだ」

セクトールおじさんは本当に負けず嫌いだ。

だが、それは……ない。

だって、どう考えてもこの村で一番モテそうなのは、カズマ兄さんだ。

だが、それをわざわざ言う必要はない。

「確かにそうですね。静子さんみたいな綺麗な奥さん捕まえたくらいですから」

「静子かぁ、あれは口煩くてそんな良い女でもないぞ」

ちょっとイラッと来るけど言い返しても仕方がない。

「セクトールおじさん、引いてますよ」

「おおっ、これはなかなかの大物だ」

結局十匹の釣果《ちょうか》をあげ、その日の釣りは終了した。

◆◆◆

釣りが終わったあとセクトールおじさんの家に誘われ、ついて行った。

扉をセクトールおじさんが開けると、笑顔の静子さんが待っていた。

実に羨《うらや》ましい。

「お帰りなさい。あれ？　ゼクトは一緒じゃなかったの？」

「あいつは、釣りの途中でいなくなった。大方マリアかリダの所にでも遊びに行ったんだろう」

「本当に仕方ないわね。帰って来たらお仕置きしなくちゃ」

「そんな事はしなくて良い。あの位の子は皆、そんなもんだ。それより、魚を釣ってきたんだ。セレスと食べるから塩焼きにしてくれないか？」

「僕も食べて良いんですか？」

「当たり前だろう？　この魚は二人で釣ったんだから、遠慮しないで食え」

「ありがとうございます」

「それじゃ、すぐに焼いちゃうからね。貴方《あなた》はエールよね。セレスくんは果実水でいいかな」

「はい」

すぐに静子さんはエールと果実水を持ってきてくれて。

「それじゃ、しばらくうちの人の話し相手になってあげてね」

そう言うとすぐに台所の方へと引っ込んだ。

◆◆◆

セクトールおじさんは、エールをグイッと一口飲むといきなり聞いてきた。

「それで、セレス、お前は一体誰が好きなんだ！」

「え～と、それはどういう意味ですか？」

「いや、ゼクトが女の子の元に遊びに行ったというのに無関心で俺と釣りをしていただろう？　普通の男の子なら、どの女の子の所に行ったのか気にするよな？　俺の目には全然気にしてないように見えたぞ」

確かに、俺の行動はおかしい。

村社会じゃ小さい頃から嫁の取り合いが始まる。

だいたい、十歳にもなれば、婚約者がいてもおかしくない世界。

五歳だって普通にガールフレンドを作るのが当たり前だ。

事実、ゼクトはかなり積極的に女の子と遊んでいる。

「そうか、セクトールおじさん、僕は子供なのかな？　同い年の女の子に魅力を感じないんだ」

「そうか、それじゃ同年代でなくても良い。誰か一人好きな女をあげるなら誰になるんだ？」

「誰か一人？」

「誰でも良い……好きな女位いるだろう？」

誰だろう？

俺が美人だと思っているのは、静子さん、姉さん、ハルカさん、サヨさんだ。

本当に皆、素敵で綺麗な人だけど、もしこの中で誰か一人を選ぶとするなら……多分、静子さんだ。

「どうしても誰か一人を選ぶなら、静子さんかな？　セクトールおじさんがいなければ、結婚したいくらいだよ」

「うちの静子かぁ？　今でも二十歳の年増だぞ！　そうか!!　すっかり忘れていたが、セレスは両親を亡くしていたんだったな。だからのババコンか」

「そういうわけじゃ……」

「セレス、台所の静子を見てみぃ。どう見ても年増にしか見えないだろう？」

やはり、前世持ちの俺からしたら若くて美人にしか見えない。

「いや、僕から見たら、凄い美人にしか見えないよ」

「そうか？　セレスお前が十五歳になる頃にはあいつはいいババアだ。金貨一枚で譲ってやるよ」

譲ってやる？

奴隷でもない相手にそんな事出来るのか。

「そんな事出来るわけ……」

「出来る。この村には『売妻《ばいさい》』という制度がある」

「妻を売るって事ですか？　そんな奴隷じゃないんだから無理でしょう」

「いや、セレスが思っているような話じゃない。昔、男女比が偏《かたよ》って嫁不足が続いた事があったらしくてな。その時に出来た制度だ。ある程度齢《とし》をとった夫婦が別れて若い男に妻を売る。そういう制度だ」

そんなのが本当にあるのか？

「本当にそんなのがあるんですか？」

「ある事はある。だがこんな昔の制度、今じゃ知っているだけで誰も行わない」

「何故ですか？」

「よく考えてみろセレス！　今じゃ、この辺りも拓《ひら》けて近隣に街もある。わざわざ、そんなババアに手を出さなくてもお金があるなら奴隷《どれい》を買えばすむ。村から出ないで一生を終える。そんな時代の名残りだな」

「そうですか……あの」

「母親がいない子供が母親を慕《した》う事はよくある。おまえが十五歳になった時、それでも静子が好きだっていう……まぁババコンが治らなかったら静子を譲ってやっても良い……あっ」

魚をお皿に載せた静子さんが横にいた。

顔は笑顔だから、気がつかれていない。

良かった。

「あら、夢中になって何を話しているのかしら？」

「なんでもない。セレス、魚が焼けた。そら食べるぞ」

「いただきます」

聞かれなくて良かった。

だけど、セクトールおじさんは本気であんな事言ったのかな？

◆◆◆

あれから十年が過ぎた。

今、俺と静子さんはジムナ村へと旅をしている。

まさか、本当に静子さんと結ばれるなんて思わなかったな。

「セレスくんどうしたの？」

「いや、ちょっと昔の事を思い出していたんだ」

「昔の事？」

「そう、子供時代の事だよ」

「セレスくんの子供時代、凄く、可愛いかったわね」

「そう？」

まさか静子さんを本当に妻にする事が出来るなんて思ってなかった。

今の俺は幸せだ。


まさか、この幸せもまだ途中だって事をこの時のセレスは知る由《よし》もなかった。

書き下ろし2◆セレスの村

儂《わし》の名前はナジム。
ジムナ村で村長をしておる。
この度、孫みたいに可愛《かわい》がっているセレスに老後の世話にと奴隷《どれい》をプレゼントされた。
もっとも奴隷とは言うが、セレスいわく、嫁を世話したとの事じゃ。
妻に先立たれた儂らの将来を不安に思ったからじゃ。
本当に優しい子じゃ。
それで世話して貰った嫁なのじゃが。
儂の嫁になってくれたのがナジさんじゃ。
儂の名前と一文字違いで、これが偉い別嬪《べっぴん》さんなんじゃ。
見た感じ年齢なんぞ十七〜十八歳位にしか見えない。
エルフという種族は本当に凄いと思う。
儂と同じ老人だというのじゃから信じられぬ。

「お茶でも入れましょうか？」

「それなら、もう少しあとで大丈夫じゃ。暫くしたら、カジナとカシムが来るからその時で良い。勿論《もちろん》、スルトさんとテレアさんも一緒じゃ。折角《せっかく》じゃから皆で簡単なお茶会でもしよう」

「良いですね。ただ六人で日がなお茶を飲みながら話して過ごす。それもまた良い物ですね」

「ああこういう何気ない日常が一番じゃ」

ナジさん達は見た目と違いかなりの高齢。

わざわざ聞きはしないが、それが奴隷として売られていたのじゃから、波乱万丈な人生を過ごして来たに違いない。

だからこそ、その言葉には重みがある。

「本当にそう思います」

しばらくしてカジナとカシムがスルトさんとテレアさんを伴《ともな》って我が家に来た。

ナジさんにお茶を入れて貰い、セレスから貰ったとっておきの焼菓子を出した。

この焼菓子はセレスの手作りでクッキーという物だ。

お茶を一口飲んでナジさんが笑顔で言いだした。

「ナジム様、この村は本当に素晴らしい村ですね。自然が沢山《たくさん》あって、それでいながら、水道設備まで整っていて、井戸に行く必要がないのに驚きました」

「それだけじゃないですよ。道は舗装《ほそう》されている部分が多くて、雨が降ってもぬかるみになららないし、凄いですよね」

「自然を保ちながら、かなり便利ですよね、いやぁ驚きました」

ナジさんやスルトさん、テレアさんは感動したみたいに話すがそんな凄い事じゃない。

これらのほとんどはセレスの提案とセレスのお金で出来た事だ。

冒険者をしながら仕送りをして、村がより良くなるような提案をしてくる。

本当に村にとって大切な人物じゃ。

「実はこれらの多くは儂らの考えで出来た物じゃないんじゃ。セレスの提案と資金で行われた物が多い」

「そうじゃ、あの子はいつも村の事をよく考えてくれおる」

「ミスタージムナ村じゃ、この村への貢献《こうけん》って事ならセレス以上の者はいない」

儂だけじゃなく、気難しいカシムとカジナですらべた褒《ぼ》め。

セレスの行動を見ていれば当たり前じゃな。

「セレス様はやはり素晴らしい方でしたのね。初めてお会いした時から素晴らしい方だとは思っておりましたが、そこまでの方でしたのね」

「私達の事を真剣に聞いてくれて、カシム様と引き合わせてくれましたね」

「そうですね、カジナ様も良く褒めていらっしゃいますね」

「本当によく出来た少年じゃ。村に残ってくれるなら次の世代を飛び越えて次期村長を任せても問題ないんじゃが」

「まぁＳ級冒険者にまでなっちゃ無理じゃな」

「あれは村に縛り付けちゃ可哀《かわい》そう。そう思いその話は止《や》めたんじゃ」

「だからですのね。まるで本物の孫とその祖父みたいに見えましたたわ」

「それは私もそう見えました」

「二人とおなじです」

「正直言えば、実の孫以上じゃ。本物の孫もここまで儂の事を大切にしやせん」

「セレスは村の人気者じゃ」

「実際にセレスを養子にしたいという人間は儂らも含んで沢山いたんじゃが、逆に取り合いになりそうなのでそのままにしたくらいじゃ」

村を出て行く時まで儂らの事を考えておる。

儂らの老後を考えて、その世話をしてくれる嫁まで世話してくれおった。

「確かにいい子ですものね」

「あの子ならきっとエルフの集落でも人気者になりそうです」

「養子に望む者が多い。それも納得です」

「それでなんじゃが、儂らもセレスに何かしてやりたい。そう思うのじゃが何かないかのう、一緒に考えてくれぬか？」

セレスが孫みたいな者なら儂らは祖父みたいな者じゃ。

孫に貰いっぱなしじゃ祖父代わりとしても立場がない。

なにかしてやれる事はないかの。

◆◆◆

いつもの日課で村を散歩がてらナジさんと視察をしていると、穴を掘っているセクトールとチワを見かけた。

「なにをやっておるんじゃ？　こんな所に穴を掘って……」

「ナジム様、ここに泉を作ろうと思っております」

「セクトールのお手伝いをしています」

鉱山送りから戻って来たとはいえ、まだまだ土地は少なく生活に苦労してそうなはずじゃ。

まして、チワさんを嫁にした状態で生活が厳しいはずじゃ。

それなのに、なにをしておるんじゃ？　泉じゃと？

「なぜここに泉なんて作るんじゃ？　意味が分からぬ」

「いや、あそこまで馬鹿をやった俺をセレスは救ってくれた。なにか恩を返そうと思ったんだ。

チワと考えて思いついたのがセレスは村が好きだから、何時《いつ》までも村に名前が残るようにしようとして思いついたのがこれです」

「セレスの名前が残る？　それと泉がなにか関係あるのかのう」

「ああっ、ここに泉を作って『セレスの泉』と名前をつけようと思う。そうすればこの村にセレスの名前が残る。横にセレスの碑《ひ》も作れば完璧だろう」

「なるほどのぉ。だが、そういう事なら先に村長の儂に相談せんか⁉」

「ああっ、すっかり忘れておりました」

反省しておるようじゃな。

「まぁ良い。セレスのために何かしてやりたい。その気持ちゃ良し。そういう事であれば許可しよう頑張るが良い」

「「ありがとうございます！」」

仲睦《なかむつ》まじく工事しておる。

セクトールはクズじゃったが、セレスを息子のように可愛がっていた。そこに偽《いつわ》りはなかったようじゃ。

もう立ち直った。

そう考えても良いだろう。

◆◆◆

今度はカイトの耕《たがや》している畑に来てみた。

カイトが妻に迎え入れたのはエレノールという少女じゃ。

村を束《たば》ねる立場として新しい住人について知る必要があるからのう。

「どうじゃ、カイト。嫁とは上手くいっておるか？」

「ナジム様、見ての通り、上手くいっている」

「ナジム様、ご苦労様です」

確かに見た感じ仲良くやっていそうじゃな。

ここは大丈夫そうじゃな。

「うむ、それは何よりじゃ……それでは」

「ナジム様、来て頂いたついでに相談があるのですが、今お時間はありますか？」

「時間はあるが、どうかしたのかのう」

真剣そうな眼差しでカイトとエレノールがこちらを見つめておる。

「ちょっと考えている事があって相談に乗って貰いたいんだ」

「相談？　話は聞くが長い話になるのかのう？」

「具体的な話は後日相談させて頂きます。エレノールと相談したのですが、この村に冒険者ギルドを作りたいと思いまして」

「冒険者ギルド？　そんな物を作ってどうするつもりじゃ」

「儂はこれでもセレスには感謝している。セレスはこの村が好きだ。将来、この村に帰って来た時になにが必要か考えてみたのです。その結果、冒険者のセレスには冒険者ギルドが必要だと思いました」

「成程《なるほど》。理由は分かった。だが、カイトお前に冒険者ギルドの運営など出来るのか？」

「それなら、問題はない。エレノールは元傭兵で、傭兵ギルドに精通している。冒険者ギルドも傭兵ギルドも加盟先が違うがどうやら似た物なんだそうだ……この村には冒険者ギルドがないから加盟は問題ないらしい……まぁ、儲《もう》かるかどうか分からないから畑をしながら兼業でやるつもりだ」

「そうか、やれそうな事は分かった。それで儂にどんな相談があるんじゃ」

「いや、冒険者ギルドの設営にその村の長の許認可が必要なんだ。お願い出来るかな？」

「なんだ、そんな事か？　それはセレスもそうじゃが、村にも良い事だ。儂が断るわけなかろうが」

「それじゃ、今夜にでもエレノールと一緒にお伺《うかが》いさせて頂きます」

「あぁっ、待っておるぞ」

カイトは頑固親父《おやじ》じゃが、根は真っすぐで情が深い。

セレスを内心息子のように可愛がっておったから、なにかしてやりたかったのじゃろうな。

あとはシュートとカズマの所へ様子を見に行けば今日の日程は終わりじゃ。

◆◆◆

今の時間はお昼過ぎ。

「ナジさんや、お昼にしようか？」

「お昼ですか？」

「ああっ、この村には一軒しかないが美味《おい》しい食堂があるんじゃ、名は店主と同じでカズマという。折角《せっかく》だ行って食事にしよう」

「はい、楽しみです」

ナジさんは食事を作る事は出来るし美味しいが、カズマの味とはまた違う。

偶《たま》にはカズマで食事も良いじゃろう？

食堂カズマに来た。

どうやら、先にカズマとメアリーの所にシュートとシャルロットが来ていた。

「今日のランチはまだかい？」

「「「「ナジム様とナジさん⁉」」」」

「どうかしたのか？　儂の顔を見て」

「実はナジム様、俺とメアリーは暫《しばら》くしたら王都へ行こうと思っている」

「セレスから話は聞いておる。自分の料理が王都で通用するか試《ため》してみたい。そういう事じゃったな？」

「その通りなんだが、最後に俺のレシピの幾つかをシュートに無料で譲《ゆず》ろうと思ってね。あとは……」

「僕の店でセレス饅頭《まんじゅう》やセレス最中《もなか》を今度作ろうと思ったんだ！　その相談だよ」

なんじゃ、その話は。

「それはなんじゃ？」

「いや、ゼクト達勇者パーティは恐らく、名前を轟《とどろ》かせると思うんだ。だけど、この村限定なら、あの四人よりセレスくんの方が上だと僕は思うんだ。そのセレスの功績《こうせき》を称《たた》えて、セレスくんの名前を冠《かん》したお菓子を作ろうと思ってね。シャルロットさんと話してカズマに相談しに来たんだ」

「シュートさんから『セレスさんに何かしたい』そう相談を受けましたの。それなら、なにかセレスさんの名前がついた商品を作り名物にしたらと提案したんです」

「成程な。食堂カズマがなくなるとこの村の食の楽しみがなくなるから、レシピを残してくれるのは助かるわい。そして名物は村としても助かるが、それが何故セレスのためになるのじゃ」

「ナジム様、セレスくんはこの村が好きなんだよ。恐らくいつかこの村に帰って来る。その時、年齢からいって僕達がいるとは限らない。だからね、その時にセレスくんが寂しい思いをしないように沢山、セレスくんの名前を残したい……僕はそう思ったんだ」

「シュート、それはセクトールにも相談したのかのう」

「セクトール？　相談してないけど、どうかしたのですか？」

「いや、セクトールもチワと一緒に『セレスの泉』というのを作っていたからのう。お互いに話でもしたのか？　そう思ったのじゃ」

「相談はしていませんが、恐らくセクトールも同じ事を考えたのじゃないでしょうか？」

「そうか、確かにセレスはこの村を愛しておる。セレスの名前をこの村に残してやるのは良いかも知れぬな」

「少なくともシャルロットさんや僕はそう考えたんだ」

「確かに、それは良い案じゃな」

「俺からはこの村に戻って来た時も、王都に行った時も、懐《なつ》かしい味をセレスに楽しんで貰いたい。そういう思いでレシピを置いていく。皆に比べれば小さい事だが、王都で力試しするのはセレスとの約束だからな」

「そうか、食堂カズマがなくなるのは寂しいが、それなら仕方ない事じゃな……話は概《おおむ》ね聞いた。村としてもなにか考えてみよう。それは良いのじゃが、流石《さすが》にお腹がすいた。悪いが食事の方も提供してくれんか？」

「あっ……スミマセン」

「取《と》り敢《あ》えず、お勧《すす》めランチ二つ。急ぎでな」

シュートもカズマもセレスの事となると、まるで別人のようじゃな。

本や学問以外無気力なシュート。

料理以外興味がないカズマ。

それが、セレスの事となるとなにかしたくなる。

本当にセレスはこの村に愛された子じゃな。

◆◆◆

儂はカジナにカシムを家に招いてセレスについて話す事にした。

「今日集まって貰ったのは他でもない。セレスの事じゃ」

「ナジム、村の皆が色々とやっている事についてじゃな？」

「儂の所にも色々と相談が来ておったわ。勿論《もちろん》、儂は応援しておいたぞ？　カジナとカシムは違うのか？」

「儂か!? 儂は村長という立場でしっかりと許可しておいた」

「儂もじゃ」

「なら、問題はないのではないか？」

「いや、今回集まって貰ったのはそれだけじゃない。 今回の件を皮切りにセレスから仕送って貰ったお金もあるし、村にこの際色々とテコ入れをしようと思うんじゃ」

「そうじゃな、それでテコ入れをした物にセレスの名をつけたら良いんじゃないか？」

「そうじゃな…それが良い」

結局、皆で話し合い。

セレス大橋にセレス通りなど、セレスの名前を冠《かん》する物を今回の改修工事で直した物につける事になった。

◆◆◆

それから暫くして、カズマとメアリーは王都へと旅立っていった。

カイトはエレノールと一緒に冒険者ギルドを作った。

今の所、登録している冒険者は五人。

まぁ機能はしておらん。

セクトールはチワを巻き込んでセレスの泉を完成後も、色々な物を開墾《かいこん》の時間以外を使い作っておる。

シュートとシャルロットはお店の一角にセレス饅頭とセレス最中を置いている。

そして、最近セレス大橋という村では珍しい石造りの橋が完成した。

これなら、儂らが亡くなったあとも村にセレスが帰って来ても寂しくないだろう。

儂らは村に尽くしてくれたセレスへの恩を決して忘れない。

いつかセレスが帰って来て、村を懐かしんでもらえたらいいのぅ。

あとがき

初めての方は初めまして、そうでない方はまたお付き合い頂き有難《ありがと》うございます。作者の石のやっさんです。この度は『勇者に全部奪われた俺は勇者の母親とパーティを組みました！ NOVEL1』をお買い上げ頂きありがとうございました。

本作品は　女癖の悪い勇者が絶対に寝取れないヒロインは誰《だれ》か？　それについて考えた時、それは家族じゃないか？　そこがこの物語のスタートラインでした。ですが、妹や姉だと、なんだか普通に物語としてありそうなので思い切って一番なさそうな、母親を選んでみました。

また、自分自身が齢《とし》をとるにつれ、好きな女性の年齢も上がってきませんか？　どうでしょうか？

憧《あこが》れていたラノベやアニメのヒロイン。

『ああっ、主人公が羨《うらや》ましい』

『彼女が恋人だったら』

きっと誰もがそう思ったヒロインがいたはずです。

ですが、彼女達は永遠に齢をとりませんが私達は齢をとります。

自分が彼女達の親の年齢になった時、恋愛対象からは外れ娘のように思えてきたりしませんか？

私はある時、ついにそう思ってしまいました。

それと同時にライトノベルやアニメに出てくる母親の方に魅力を感じるようになったのです。

この二つの考えがあわさり『勇者に全部奪われた俺は勇者の母親とパーティを組みました！』を書く事にしたのです。

そのため、この作品のヒロインの年齢は実は主人公のセレスだけでなく私にとってもドストライクな年齢だったりします。

ここ数年、カクヨム様を中心に小説を投稿させて頂いていたのですが、色々なコンテストで中間や最終まで残るのですが、あと一歩力が及《およ》ばずそこで終わる。そんな感じの執筆活動をしていました。

私を昔から応援して下さっている方々には本当にやきもきさせてしまっていたと思います。

本作品のコミカライズと小説化でようやく少しだけ、そんな皆様の応援に応えられた気がします。

この作品は私の力だけじゃなく、多くの方との出会いから生まれた作品だと思います。

カクヨム様で投稿していた時に励《はげ》まし応援をくれたファンの皆さま。本当に励みになりました。

私の作品を気に入って頂いて『マンガを描いてみたい』とおっしゃって下さった久遠《くおん》先生。年上だけど可愛いというキャラを描くのは本当に難しいなか、イメージ通りのキャラクターに仕上げて頂けました。初めて静子《しずこ》さんの絵を見た時には思わず泣いてしまったくらい感動した事を覚えています。

また、今回もイラストで大変お世話になりました。

久遠先生との間に入って縁を繋いで下さった編集者様。

連絡を貰った瞬間、信じられず何回もメールを見たのを今でも覚えています。

コミケの会場で暑いなか汗だくになりながら静子さんのイラストの入った団扇《うちわ》を配って頂いたスタッフの皆様。

ユーチューブの動画のＰＶで静子さんの声を担当して下さった芝崎典子《しばさきのりこ》様。同じくＰＶでハルカさんの声を担当して下さった夏吉《なつよし》ゆうこ様。視聴したとたん感動しました。

マンガ版に目を向けて頂いて小説化の打診を下さり、今回の小説化に力を貸して下さった編集者様。

さまざまな出会いがあって沢山の人の力を借り、『勇者に全部奪われた俺は勇者の母親とパーティを組みました！』という作品は形になっているのだと思います。

前述の通り、本作は小説化の前にコミカライズがされています。

そのため、本作を読むにあたってマンガ版から入られた方も数多くいらっしゃると思います。

マンガ版と小説版の大きな違いはマンガ版がアダルトに重きを置いた作品だとすれば、小説版の方はアダルトをセクシーレベルに抑《おさ》え物語を中心にした話になっております。

所々違う箇所がありますので、両方の作品を手に取って頂き、読み比べて頂くのも面白い楽しみ方かも知れません。

小説版は空を飛ぶ魔法がないのに、マンガ版ではサヨが箒《ほうき》でセレスと飛んでいたりとか……。

結構小さい事から大きな事まで、違いが多くあります。

見比べてみるとパラレルワードみたいで面白いと思います。

これからも頑張って執筆していきますので応援宜しくお願い致します。

石のやっさん

勇者《ゆうしゃ》に全部《ぜんぶ》奪《うば》われた俺《おれ》は
勇者《ゆうしゃ》の母親《ははおや》とパーティを組《く》みました！
NOVEL《ノベル》1

2024年4月30日　初版発行

—著　者—
石《いし》のやっさん
—イラスト—
久遠まこと
—発行者—
山下直久
—発　行—
株式会社KADOKAWA
〒102-8177 東京都千代田区富士見2-13-3
電話 0570-002-301（ナビダイヤル）
—編集企画—
ファミ通文庫編集部
—デザイン—
ドーナツスタジオ
—写植・製版—
株式会社スタジオ205プラス
—印　刷—
TOPPAN株式会社
—製　本—
TOPPAN株式会社

●お問い合わせ
https://www.kadokawa.co.jp/（「お問い合わせ」へお進みください）
※内容によっては、お答えできない場合があります。※サポートは日本国内のみとさせていただきます。※Japanese text only

　ISBN978-4-04-737990-9 C0093